JN284213

Power
—白衣の愛欲—

CROSS NOVELS

日向唯稀
NOVEL:Yuki Hyuga

水貴はすの
ILLUST:Hasuno Mizuki

CROSS NOVELS

織原《おりはら》　忍《しのぶ》

天王寺総合病院で心臓外科の専門医を目指して研修中の医師。東都大学在学中は、マドンナ的存在だった。根が真面目な分、苦労性。

当麻《とうま》勝義《かつよし》

東都大学医学部付属病院で研修中の医師。指導医《オーベン》に黒河がついたため、色々な意味で大変な環境に……。学生時代から織原が好きだった。

CHARACTERS
登場人物

Power
—白衣の愛欲—

東都大学医学部付属病院メンバー

黒河《くろかわ》療治《りょうじ》

外科部のエース。「神からは両手を、死神からは両目を預かった男」と異名を取る。疲労度ＭＡＸになると（色々な意味で）危険な男。

【関連作】
Light・Shadow—白衣の花嫁—
Today—白衣の渇愛—

和泉《いずみ》真理《まさと》

副院長にして心臓外科のスペシャリスト。やや曲者。別名：東都の帝王。

浅香《あさか》　純《じゅん》

元黒河のオペ看で、現在は外科医を目指して研修中。医師免許あり。

【関連作】
PURE SOUL—白衣の慟哭—

清水谷《しみずたに》幸裕《ゆきひろ》

外科医。黒河がオーベンとして指導し、現場で手塩にかけて育てた若手外科医の筆頭。

CONTENTS

CROSS NOVELS

CONTENTS

Power
白衣の愛欲

Presented by **Yuki Hyuga** with Hasuno Mizuki

Illust
水貴はすの

日向唯稀

CROSS NOVELS

1

いっこうに身体から抜けることのない疲労感は、まるで首都高で起こった自然渋滞のようだった。

どこから詰まっているのかわからない。

どれほど走れば抜けられるのかもわからない。

始まりが見えなければ、終わりも見えない。

先へ行かなければ出口もないので、道なりに進むしかない。

止まるのはかえって危険だ。

「ん…っ、ん」

それでも、走っているとは言い難い状態が続く。

車という名の箱に閉じ込められて、前に進めるひとときを待ち焦《こ》がれる。

同じ疲れなら、走り続けるほうがいい。

寝ずに、夜通し、二夜、三夜――。

走るために乗り込んだ車で足止めを食らうぐらいなら、いっそ倒れるまで走り続けるほうがどれほど楽かと感じてしまう。

辟易《へきえき》とした疲労感がずっと抜けない。

「――――ん…ん」

研修医となってから三年目に入った織原忍《おりはらしのぶ》は、そんな疲労感から生じる倦怠感が怖かった。

ふとした瞬間、もういいか――――。どうにでもなれと、すべてを放棄してしまいそうな自分が怖くて、眠れるときは少しでも横になった。

次に目が覚めたときこそ、この疲労感から抜けられる。覇気に満ちた清々《すがすが》しい目覚めが実感できるかもという、ささやかな期待があるからだ。

それに、眠りの中にはいつも全力で走り続けていたときの自分がいた。

〝織原！　さっきの講義のことなんだけど、ちょっと聞いてもいいかな⁉　けっこう、聞き逃しが多くて〟

〝あ、俺も〟

〝俺も一緒に頼む！〟

〝は？　それはいいけど――――。せっかく来てくれた和泉《いずみ》副院長や黒河《くろかわ》先生の特別講義を聞き逃すって、どうなんだよ〟

キラキラと輝くキャンパス。

今となっては懐かしいばかりの講堂。

気の合う同期の仲間たち。

先輩や後輩。

希望に満ちた眼差しで笑顔を浮かべる自分。

〝特別すぎて、頭に血が上ってたんだよ。それに、そもそもあの二人を前にして冷静に講義を受けていられるほうが奇特なんだって。かたや我が東都《とうと》大学の理事の一人であり、付属病院の副院長でもある和泉先生。こなた付属病院のエース。いや、今や日本《にほん》医学界が誇る天才外科医・黒河療治《りようじ》先生だぞ。冷静でいられるほうがおかしいって。もう、いまだに心臓がばくばくしてるよ。オーラが違うっていうか、神の降臨っていうか、興奮冷めやらぬって感じ〟

〝大げさだな。気持ちは、わからないではないけど。でも、それじゃあ医者失格だって言われかねないぞ。さっき黒河先生だって言ってたじゃないか。医者に必要なのは、いかなるときでも沈着冷静でいられる精神力だって。それこそ、いざとなったら和泉副院長を相手にしても、メスを向けられるだけの神経の図太さだって〟

定期的に特別講師として壇上に立つ現役の医師たちは、織原だけではなく、医学生たちすべてに希望をくれた。

歪《ゆが》みのない志《こころざし》、医師を目指す者としての意義と誇り、何より無我夢中であとを追うエネルギーを生み出す魅力を見せられて、織原はひたむきに医師への道を走っていた。

疑問を抱くこともなく、不安を覚えることもなく、ただただ前を向いて――――。

〝馬鹿言えよ。あんなたとえ、黒河先生だから出てくることで、普通は出てこないって〟

〝そうだよ。そもそも副院長自身が外科の権威なんだし、普通はそこらの外科医じゃ切らせてもらえないって。それこそ日本の名医が選ぶ、もしも自分の命を預けるならどこの医師⁉ なんていうアンケートで、堂々一位を取った黒河先生だからこそだよ。そうでなければ、たとえ話にし

たって、思いつかないって〃
〝それは言えてる！　だいたいからして、あの副院長が盲腸になるなんて発想自体が、俺たちにはないもんな。あったとしても、自分で切りそうとかって感じでさ〃
〝だよな～。はははは〃
〝おいおい。それで、肝心な講義の話は、どうしたんだよ〃
〝あ、そうだった！　悪い悪い〃
そして、入学以来主席を守り続けた織原のもっとも近くにいたのが、惜しくも次席を続けた当《とう》麻《ま》勝義《かつよし》だった。
彼は休み時間になると、いつも席から動くこともなくぼんやりしていた。
一人が好きなわけでもなければ、集団が苦手なわけでもない。
ただ、講義に集中しすぎて、それが途切れると力尽きたように放心してしまう。
今もそうだ。
〝あれ、当麻？　どうしたんだよ、ぼんやりして。まさかお前まで、聞き逃したとか言わないよな？　副院長の精神論や黒河先生の実体験話。特に黒河先生のトリアージなんて、普通じゃまず聞けない話だぞ。なにせ、国内で経験した医者そのものが少ないし〃
だが、そうとわかっているのに、あえてからかうように声をかける。
織原はこうして張り詰めた緊張を解き、当麻の笑顔を誘うのが常だった。
〝え？　いや。もちろん、ちゃんと聞いてたよ。ただ、生々しいっていうか、すごすぎるっていうか。おかげで、興奮冷めやらぬって状態かな〟

そして、織原の意とすることを理解していた当麻は、こうするとホッとしたように笑みを零した。

〝なんだ。そっか〟

快活でリーダーシップを発揮していた織原と違い、当麻はどちらかといえば、内気で控えめで静かな男だった。

大柄なのを気にしていたのか、それとも若干ふくよかだったのも原因なのか、幾分猫背なのも彼の特徴だ。

〝――――……あれ？〟

しかし、織原にはそれがもったいなく見えていた。

軽く百八十を超える長身は、百七十そこそこしかない織原からすれば、羨《うらや》ましい限りだった。姿勢を正せば、さぞ貫禄も増すだろうし、何より彼のマスクはとても目鼻立ちが整っていて、男性的だ。ちょっとウエイトを絞れば、かなりのハンサムであることに間違いがない。

どんなにスリムな体型を維持していても、ワイルドさからはかけ離れた甘めのマスクを持つ織原からすれば、喉から手が出るほど欲しいものばかりだ。

〝何？　何か、顔についてる？〟

しかも、それだけではない。当麻には穏やかな笑顔と落ち着いた口調を裏切らない、声まであった。

明晰な頭脳以上に、驚くほど器用な手先まで持っていた。これに関しては、外科医を目指す者にとっては天分だ。

織原なら、さぞナルシストか自信過剰になりそうだと思うのに、当麻はそういったことに、まったく興味を示さない。

むしろ、価値を見いだせないが故《ゆえ》に、いつも自信のなさそうな顔をする。

なんとも不思議で罰《ばち》当たりなのが、当麻という男だったのだ。

〝いや。それより今気づいたんだけど、お前、身体絞ったら黒河先生に似てるかも〟

〝え？〟

〝うん。似てる。前々から誰かに似てるなって思ってたんだけど、絶対に身体絞ったら黒河先生をワイルドにした感じになると思う。ちょっと意識してみれば？〟

ただ、だからといって織原が突然こんな話をしたのは、当麻を持ち上げようとか、奮起させようとしたからではない。単純に、たった今黒河を見たばかりだから、思いつきで口にしたに過ぎなかった。

〝――――…っ。いや、そんな。まさか…。だって、黒河先生っていったら、何度芸能事務所からスカウトされたかわからないってぐらい、ルックスもトップっていう先生なのに…〟

当然、当麻の性格では俳優に似ていると言われても引くだろうが、それ以上に尊敬している先輩の名を出されたことで、ひたすらビビっていた。

恐れ多いと言わんばかりだ。

〝何、俺の目を疑うのかよ〟

〝いや、そうじゃないけど〟

〝だったら一度ぐらい意識してみろって。せっかく二枚目なのに、もったいないよ。たぶん、五キロも落とせば、かなり印象が変わると思うぞ。ついでに性格も黒河先生並みに強靭になったら、ミスター東都の称号もゲットできるかもよ〟

医学には前向きなのに、こういうところで後ろ向きな当麻に、織原はよくイラッとした。

今もつい語尾を強めてしまったが、これが自分のわがままだということはすぐに気づく。

〝織原…っ〟

〝なんて、そこまでは言わないけどさ。性格だけは誰かに言われてどうこうなるもんじゃないだろうし。それに、当麻のちょっと控えめだけど冷静で頼りがいのあるところ、俺は好きだし〟

〝――――〟

もったいないと思うのは、こちらの勝手。

他人の勝手に当麻が振り回される必要はない。

いや、それさえ知らん顔で我が道を行くから、当麻は目の前の道をひたすら進む。

脇目も振らずに、ただただ医学の道だけを見つめて、前進し続ける。

そもそも織原が当麻に惹かれて声をかけるようになったのは、彼のこんなところに不動の強さを感じたからだ。

恋やおしゃれで盛り上がっても不思議のない今の年に、真摯《しんし》すぎるほど医学しか見ていないか

ら印象的だった。

共に同じ世界を目指したいとも感じていたのだから。

〝一緒にこのまま付属へ行けるといいな〟

〝ああ――――。あ、なぁ織原〟

〝ん？〟

〝俺、五キロ痩せたら、本当に変わるか？〟

とはいえ、さすがにこの件に関してだけは、当麻も丸無視はできないようだった。

普段こんなことを口にしない織原からの意見だったこともあるだろうが、やはり心のどこかで気にはしていたのかもしれない。

〝いや、この話は忘れてくれ〟

〝え？〟

〝だって、お前がいきなりモテ始めたら、俺が相手にされなくなる。なんか、そんな気がしてきたから、このままでいいや〟

織原は慌《あわ》てて、撤回した。

今の自分たちに必要なのは、やはり勉強であって、ダイエットではない。

ましてや織原の想像が当たった場合、当麻は本当にモテ男に変身するだろう。

そうなったらそうなったで、本人にそんな気はなくとも、周りが彼を放ってはおかないだろうし、絶対に合コンへ引っ張りだこだ。

しかも、それですめばいいが、ここは初等部から上がってきた強者《つわもの》が大半だ。イコール、いい男には目がない男も山ほどいるのだ。

そして、そんな彼らは驚くぐらい普通に同性同士の恋愛を謳歌し、性別を超えた人類愛を懇々《こんこん》と説いてくる。

たとえ大学から入ってきた一般生徒が相手であっても、あっけらかんと語ってくるものだから、この影響力は多大だ。

それはすでに入学当初から口説かれまくってきた織原自身も実体験ずみで、彼がいまだに一人なのは、単に恋愛に興味がないから。セックスよりも人体そのものに興味が向いてしまっているからで、周りに女性がいないという理由ではない。口説いてくるのが同性ばかりだから、という理由でもないのだ。

〝そんな、考えすぎだって。それに…〟

〝ん？〟

だが、織原がそうだからといって、当麻がどうかはわからない。

もしかしたら、口説かれるまま――という可能性もゼロではない。

しかし、そうなったら、魔の手から避難するように彼と一緒にいる織原にとっても、逃げ場がなくなるだけだ。痩せたほうがいいと口にしたのも勝手なら、それを撤回するのも勝手だったが、そういう意図もあって、織原は全力で当麻を宥《なだ》めすかした。

〝いや、なんでもない。それより卒業後に付属病院――絶対に一緒に行こうな。俺も今日の講義受けて、ますます行きたくなった。織原と一緒に先輩たちのあとを追ってみたくなった〟

〝ん〟

このときはそれですみ、当麻がダイエットに走ることはなかった。

二人は卒業までの月日をひたすら勉強して過ごすことになったのだ。

もっとも、医大生にとって覚えることは山のようにあった。

学ぶべきことは海より広く、空より果てしないのが、人体の神秘だ。医学の道だ。

そして、その道を驀進《ばくしん》し続けた織原に転機が訪れたのは、今後の進路希望を明確にし始める時期だった。

〝――俺が、虎ノ門《とらのもん》の天王寺《てんのうじ》総合病院へですか？〟

ある日、織原は和泉から直々に呼ばれると、聞き覚えのある病院名を出された。

〝そう。君も知っているとは思うが、院長を務める天王寺先生は東都出身の大先輩だ。今年から院内の設備もよくなったことだし、できれば才能ある後輩を自分の病院で育ててみたいとおっしゃって。それで、君なら期待に応えられるんじゃないかと思って。もし、問題がなければ、私のほうから推薦したいんだが、どうだろうか？〟

〝和泉副院長〟

突然のことすぎて、最初は戸惑った。

すぐに答えなど出るはずがない。出たとしても、天王寺や和泉の期待に応えられるのか？

不安がないと言えば嘘になる内容だ。

〝天王寺先生は脳外科のエキスパートだ。息子さんである副院長も、心臓外科では名のある方だ。外科医志望の君にとっては、いい勉強の場になると思うんだが。やはり、第一志望の付属病院は揺るがないかな？〟

〝はい。正直な気持ちを言うなら、俺はこのまま付属病院で、和泉先生や黒河先生のあとを追いたいです。ただ、天王寺院長が素晴らしい方だということも十分承知していますし、和泉副院長が直々に推薦してくださるなんて、大変名誉なことだとも思います。今の自分には、断る理由が見つけられないほど〟

しかし、結果的に織原はこの申し出を受ける形になった。

あえて理由を探すなら、これまでにこんな打診を受けて卒業後の進路を決めた人間がいるという話を聞いたことがなかったからだ。

〝では、快い返事をしてもいいかな？〟

〝はい。俺でよければ、精一杯努力させていただきます。東都の名に恥じないよう、和泉副院長のご期待にも沿《そ》えるよう〟

おそらく、こんな話が来たのは、自分が初めてではないかと思えた。

場合によっては、和泉にとっても新たな試みなのかもしれない。

それほど東都は学生自身の希望を最優先する大学だったし、学生側から相談を持ちかけなければ、名指しで「ここにしてはどうか？」と口にすることもなかった。

ただ、それでは現実問題として、就職希望先にばらつきが出る。

良くも悪くも人気のある病院に志望者が殺到してしまうことから、若手を育てようという意欲のある病院に卒業生が回らない。

また、回ったとしても失礼な話だが、そこを第一志望としてなかった生徒が行くことになる。決して受け入れる側と入る側が、初めから相思相愛の状態にはならない。

それだけに、織原は打診された病院やそこの院長がどうこうというよりも、まずは最初に自分が選ばれ、声をかけられたということに重きを置いた。

尊敬を超えて、崇拝さえしてしまいそうな医師の一人である和泉が自分を選んでくれた。そのことに価値を見いだし、また彼の期待に応えたいという意欲も湧いた。

〝ありがとう。そう言ってもらえて、ホッとしたよ。ただ、私も正直に言ってしまうと、もう少しダダをこねられることも期待していた。君は、久しぶりに私自身が育ててみたいと思っていた逸材だったからね〟

〝和泉副院長〟

そして、そんな織原に和泉は、苦笑交じりに生涯忘れることなどできないだろう愚痴を零し、また最高のエールをくれた。

和泉が直接育てた医師の筆頭と言えば、あの黒河だ。

他にも何人か名前を知る若手の医師がいたが、いずれも尊敬できる立派な外科医で、織原は和泉から「手がけたかった」と口にしてもらっただけで、舞い上がってしまいそうだった。

〝だが、それほど期待できる者でなければ、私の名では推薦できない。世の中うまくいかないものだが、ここは仕方がないところだろう〟

〝嬉しいです。そう言っていただけるだけで〟

この感動を、やり甲斐を、織原はすべて出し尽くして、天王寺の下で一人前の外科医を目指そうと心に決めた。

それが、これほどまでに高揚させてくれた和泉への一番の恩返しだと思えたし、また自分に続く後輩たちへの、新たな進路だとも思えたから。

〝まあ。そうは言っても君の学舎がこの東都大学の医学部であることに変わりはない。これは、他の病院へ旅立つ者すべてに言っていることだが、何か困ったことがあったら、いつでもおいで。ここには君を教えた教授たちがいる。付属病院には頼れる先輩たちがいる。もしも医師としての道が見えなくなったら、迷わず戻ってくることだ。いいね。それだけは忘れないように〟

〝はい〟

しかし――――。

織原の胸が、全身が熱くなるような高揚感とやり甲斐は、過ぎゆく時間と共に疲労へ変わった。

「織原！　織原はどこだ」

「っ、はい！」

突然大きく鳴らされたクラクションのような呼び声に、織原は仮眠を取っていた簡易ベッドから飛び起きた。

急いで白衣を着込んで部屋から出る。

「お呼びでしょうか？　天王寺副院長」

白衣のボタンもかけないまま現れた織原に、憤慨も露《あら》わにしていたのは天王寺総合病院の院長子息であり、副院長でもある天王寺定晴《さだはる》。今年四十歳と、この世界ではまだまだ若いほうだが、真の専門医を目指して米国で術例を重ねてきた心臓外科の権威だ。

「使えないな。大した仕事もしていないくせに、休憩だけは一人前か。そんなに休みたかったら、もう出てこなくてもいいんだぞ。なんなら医大に戻ってやり直すか？」

神経質そうな目つきと乱暴な口調が織原を責め立てる。

「すみませんでした。申し訳ありません」

オーベン《指導医》が相手だけに、言い訳もできないまま謝罪する。

「謝り方だけ覚えても、患者には感謝されないぞ。いっそ苦情処理専門の職員になるか」

「天王寺副院長！」

だが、それにしても日増しに内容まで酷《ひど》くなってきた気がして、織原は声を荒らげた。

名前を呼ぶに止《とど》めたのは、彼への敬意。そして、自身が重んじる師への礼儀への心があるからだ。

「もっとも、うちにはそんな部署はいらないがな。それより明日までに、昨夜のオペのレポートをまとめておいてくれ」

「え？　また今日もレポートですか？」

それでも、これには二つ返事で「はい」とは言えなかった。

織原は天王寺に問い返す。

「なんだと」

「いえ、はい。わかりました」

たった一言、一睨《ひとにら》みに逆らうことができないまま、結果的には承諾する。

「貴重な治験患者の症例だ。なんの役にも立たないお前を立ち会わせてやったんだ。ありがたく思って、ちゃんとしたものを仕上げろよ」

「はい」

そうして天王寺は、用件だけを言いつけると、織原の前からは去った。

彼がオーベンになってから一年、織原は言いつけられたことだけを淡々とこなすこと以外許されず、いつしか研修医という立場に疑問を感じ始めていた。

最初の一年はカリキュラムに沿った現場研修が行われていたが、織原がもともと外科医志望だったことから、二年目には外科をメインにする研修となった。

そして、当院の副院長がオーベンにつくという最高の修業の場を得たはずだったのだが、織原に回ってくるのはもっぱらレポート書きが中心だ。

手術室に入れてもらえた日はまだいいほうで、それさえ許してもらえないまま、雑用ばかりを言いつけられる日も多々あった。

『なんの役にも立たない。苦情処理専門…か』

この扱いは、研修中だからなのだろうか？

だとしても、三年目に入った織原には、そろそろ別な仕事が回ってきてもいいはずだ。

それとも外科専門志望だから？

オーベンが心臓外科の専門だから？

さすがに個人的に忌《い》み嫌われて——は、ないだろうと思うので、織原はこれでいいのだろうかという疑問を抱きながらも、その答えが見つけられずにいた。

何度か先輩医師たちに聞きはしたが、かなり年が離れているので首を傾げられた。

そもそも副院長がオーベンにつくこと自体が、ここでは初めてなだけに、その指導内容にまでは口も出せない。

きっと何かお考えがあってのことだろう——そう言われてしまえば、それで納得するしか方法もない。

〝もしも医師としての道が見えなくなったら、迷わず戻ってくることだ〟

織原は、ふいに夢で見た和泉が寄こしてくれた言葉を思い出した。

『いっそ、本当に医大からやり直すか？』

こんな状況が続くなら、天王寺が言うように母校へ戻ったほうがいいのだろうかという気持ちにまでなってくる。

『できるはずがない。母校の恥になるだけだ。和泉副院長の顔に、泥を塗るだけだ』

だが、期待を込めて送り込まれた織原には、現状に不安や不満があることなど、口が裂けても言えなかった。

ましてやこの病院に、オーベンである天王寺に、日々不信にも似た思いが芽生え始めていることなど、自分自身でも認められない。

『それに天王寺副院長だって、俺を鍛《きた》えるために、厳しく接しているだけかもしれないし。実際、勉強のためにレポートを作成させているのは確かだろうから、やるしかないもんな』

それ故に織原は、勤務中は天王寺に言われるまま雑務をこなし、それが終わると病院の独身寮に戻ってレポート作成という日々に明け暮れた。

これはこれで寝る間もなかった。

だから隙を見ては仮眠室にも足を運んだが、熟睡できることはほとんどない。

『昨夜の急患、治験中の患者のバイパス手術。見事なものだった。記憶には残ってるけど、確認のために執刀記録のＤＶＤ《ブイ》を取りに行かなきゃ』

そうした中で溜まっていった、身体から抜けることのない疲労感は、まるで首都高で起こった自然渋滞のようだった。

どこから詰まっているのかわからない。

どれほど走れば抜けられるのかもわからない。

始まりが見えなければ、終わりも見えない。

先へ行かなければ出口もないので、道なりに進むしかない。

『いつまで、どこまで、こんなことが続くのかわからないけど――』

2

六月に入ると、空が雨雲に覆われている日が増えてきた。

湿度は高くなり、じめじめとした気乗りのしない日が続く。

しかし、東都大学医学部付属病院では、こんな梅雨《つゆ》のうっとうしささえ吹き飛ばすような発表が行われていた。

「すげぇ。やったな、当麻の奴。今年からオーベン、黒河先生だって⁉」

「聞いた、聞いた。清水谷《しみずたに》先生も、とうとう独り立ちだな」

発表直後ということもあり、誰もがおもしろいほど同じことを口にする。

いつも以上に人が集まった休憩室は、まるで一足早い夏祭りでも迎えたような騒ぎだ。

「まあ、そうは言っても、そろそろ交代が来るなとは思ってたけど。でも、大半の予想は浅香《あさか》先生だったからな。まさか、ここで臨床研修が終わったばかりの当麻が来るとは想像もしてなかったもんな」

「いや、でも考えたら、清水谷先生なんか最初から黒河先生についてたんだから、ありっちゃありなんだろう。それに、浅香先生はもともと黒河先生のオペ看だったわけだから、今更オーベンにつかなくても、ってところがあっただろうし。むしろ、このまま救急救命部で叩き上げてって感じなんじゃゃん？」

医師を目指す場合、高校卒業後に医科大学や大学の医学部で六年間医療について学ぶ。そして卒業後に医師国家試験に合格すると医師免許が与えられる。

その後は二年間の臨床研修。そこから更に五年の実地研修と一定数の症例を経験したのちに、専門医試験の合格を目指すことになる。

「だとしても、当麻か…。こりゃ、もう、騒ぐしかないよな」

「当然だ。祝賀会だよ、祝賀会」

噂の的になっている当麻は、二年の臨床研修を終えていた。

今後は外科の専門医を目指して五年の実地研修に入る。

だが、それだけならこれほどの騒ぎは起こらない。彼がここまで注目されたのは、オーベンに外科部のエース・黒河療治がつくことになったからだ。

これは事実上、当麻が若手のトップに君臨したことを意味していた。

と同時に、今後もっとも厳しくきつい研修を受ける若手になることも意味していたからだ。

「なぁ、だったら同窓会にしようぜ。ここで同期を集めたところで、マドンナ抜きなんて、くっそおもしろくもない。だったら祝賀会を餌に同窓会。織原にも声かけようぜ」

そうこうするうちに、噂話で盛り上がっていた者の一人が、これを機に同期で集まろうと提案をした。

この際当麻をだしに、織原を呼び出そうという魂胆だ。

「だよな！　こんな口実、二度とない。でかした！　当麻!!　黒河先生、ブラボー」

卒業後に天王寺総合病院へ行った織原とは、ここにいる者は誰一人会っていなかった。同じ医学部を出ているだけに、多忙だろうことは想像がつく。

それ以前に、自分たちだって多忙は多忙だ。無理に都合を合わせてまで会おう、たまにはみんなで騒ごうという気さえ起こらなかったほど、過酷な研修生活を送ってきた。

それだけに、こんなことでもなければ重い腰は上がらない。ましてや同窓会などという、大がかりなイベントは、企画も実行もできない。

そういう意味でも、今回の当麻ネタは絶好のチャンスだった。

それほど彼らにとって黒河療治は偉大な医師で、織原忍もまた、当麻と同期の者たちにとっては、欠かすことのできない特別な存在だった。

とはいえ、すっかりだしにされている当麻といえば――。

「すごい騒ぎだね」

「はい」

外科部のデスクルームに呼び出されて、名だたる先輩医師たちに囲まれ、大きな身体を縮こまらせていた。心なしか声まで小さくなっている。

「もしかして緊張してる？」

「はい。とても」

この騒ぎに一番驚いていたのは、長年黒河をオーベンとしてきた美青年医師・清水谷。当麻にとっては同じ東都大学出の大先輩であり、織原同様歴代マドンナの一人だ。

大学から入学した当麻には、いまだによくわからないシステムだが、一学年または二学年に一人は、この「マドンナ」と称される美しくもよくできた人格者がいる。

色気に欠けた男子校を盛り上げるべく、在学中にはあれこれと催し物に引っ張り出されるという気の毒な存在だが、代わりに絶対権力を行使できる特権を持っていた。

たとえ何学年違ったところで、東都男はこのマドンナには逆うことが許されない。

どんな言いつけも守らなければならないというのが伝統になっているので、仮に清水谷が「喉が渇いたからジュース買ってきて」と言えば、副院長の和泉であっても快く引き受ける。

黒河でもそれは同じだ。

後輩の当麻ともなれば、下僕扱いされても従わなければならないだろう。が、そもそも、そんな馬鹿な要求は間違ってもしない人格者が基本的に選ばれているので、この特権で何か問題を起こしたマドンナは過去にはいない。

なので、当麻が清水谷相手に特別ビビる必要はないのだが、それより怖いメンバーがずらりと揃っているから、緊張せざるを得ない。そうでなくとも黒河オーベンの発表を知ったときから心搏数が確実に上がっているのに、これではいつ倒れても不思議がないほどだ。

「そりゃあ、そうだろう。黒河先生がオーベンについたって段階で、外科部期待のルーキー。事実上、若手のトップだ。さすがに黒河先生がエースの座から退くことは考えられないけど、それだけにジャックの座が確定したみたいなもんだしな」

そして、そんな当麻をもっとも威嚇し続けていたのが、背後で腕組みをしていた浅香という美麗な男性研修医だった。美人は美人でも、こちらは見た目も性格も女王様タイプ。清廉潔白なイメージさえある清水谷とは同期だが、正反対なタイプだ。

しかも、浅香は医師免許を取得しながら、崇拝する黒河の執刀を手助けするべく、長年手術室専門の看護師――――オペ看を務めていた経歴を持つ、当院でも稀な存在だ。

近年黒河の下から離れ、改めて医師になることを表明し、いずれは外科医になるべく研修中の身ではあるが、その実力は当麻や他の者たちとは段違いだ。

特に、看護師長まで上り詰めるだろうとまで言われていた手腕は、パートナーシップを持つ看護師たちを動かすことにも長けていて、これに関しては和泉や黒河さえ「敵わない」と口を揃えるほど。誰もが「いずれ黒河が新たなオーベンにつくとしたら、それは浅香だろう」と予想したのは、こうした彼の実力故だ。

「何、浅香。そのジャックの座って」

「東都外科部の最強カード。名実共にトップをひた走る黒河先生がエース。その黒河先生のオーベンだった和泉副院長がジョーカー。でもって外科部長がキングで、今回独り立ち決定になった清水谷がクイーン。だから、当麻が残りのジャックに収まるって寸法かな」

ただ、それだけに当麻は「これなら和泉と黒河の間に置かれるほうが、まだ憧れや緊張だけですむ」と思った。が、そうじゃないから、冷や汗まで流れ始める。

「いつからそんなのができたの?」

「今日」

「今日⁉」

「そう。俺と看護師たちで盛り上がってたところに池田《いけだ》先生と紋子《あやこ》先生が加わって、更に盛り上がっちゃったもんだから、即決まり。ってことで、頑張れクイーン・清水谷！　今後はお前も指導する側だぞ～」

「浅香っ」

浅香は清水谷相手にとぼけたことを言って笑っていた。

しかし、当麻には明らかに嫉妬とわかるオーラを撒き散らしている。

「それより、当麻」

「はい！」

なんでお前なんだよ――――そう言われる覚悟はできていた。

実際当麻も、まさか浅香を差し置いて自分に黒河がつくとは思っていなかった。

しかも浅香は自他共に認める黒河信者の筆頭だ。

どれほど恨まれても、憎まれても、ここは甘んじて受けるしかない。

当麻は腹を据えて、浅香の話を聞きに回った。

「今更言わなくてもわかってると思うけど、黒河先生は外科部と救急救命部を行ったり来たりするようなオールラウンドプレイヤーだ。特に脳外科と胸部心臓を専門医師と同等にこなす怪物な上に、その執刀速度だけなら、間違いなく当院一だ。外科部長や救急救命部の部長、いや…もう、和泉副院長より速いと思う。これについていけるのは、専門のオペメンバーだけだし、そこに入っていくってなったら、めまぐるしいなんてもんじゃない。ぶっちゃけ、最初は瞬きもできないうちに終わっていくオペがいくつもあると思う」

しかし、浅香が改めて口にしたのは、当麻が覚悟していたような文句の類《たぐい》ではなかった。嫉妬めいた暴言でもなければ、八つ当たりでもない。

「ただ、黒河先生は、そういうお前の立場や緊張、呼吸、すべてを感じ取った上で、指示を出してくる。そういうところも天才的だ。ようは、お前を第一助手として使えるオペならそのまま使うし、そこに合わせている時間がない、それほど早急の処置がいるって判断すれば、外してくることもある。けど、それはお前が無能なんじゃない。相手が天才なだけだから、そういうときは凹まずにオペを見学させてもらえ。それが黒河先生をオーベンに持つことができた、お前の特権だから」

それは、外科医・黒河を知り尽くした先輩医師として、またオペ看としての、真摯なまでの助言だった。

浅香だからこそ知る心構えであり、今後の対応策だ。

「そうやって、回を重ねて見ていくうちに、自分も呼吸を合わせられるようになっていく。実際黒河先生のオペ数は、誰より多いのも確かだから、見学数も一番稼げるし。成長に不要な感情に振り回されるのは、ただの無駄だから」

怖いぐらいに真剣な眼差しを向ける浅香に、当麻は必死で耳を傾ける。

「ついでに言うなら、副院長や外科部長は、できると思う人間以外、絶対に黒河先生にはつけない。走り続ける黒河先生に、足かせをつけるような選択だけは間違ってもしない」

言葉の一つ一つが胸に刺さった。

「お前はこれまでの実績が評価されて、選ばれた。そのことに応えられるだけの医者であり、資質があるんだから、何があってもこれを信じろ。たとえ自分が信じられないときでも、選んでくれた副院長と外科部長の目を信じろ。一切、疑うな。そうすれば、いずれ清水谷みたいになんでもこなせる外科医になれる。常に成長し続ける黒河先生に追いつき、追い越せって気持ちの医者になれる」

それは本当だろうか？

口にするどころか、そう考えることさえ、今日からは許されない。

当麻にとっては和泉や外科部長のみならず、浅香のこうした言葉だって信じる以外にない。

なぜなら、浅香が黒河絡みで後輩にお世辞を言うことなどありえない。

これは当麻が、黒河の足を引っ張らないための予防線であり、激励だ。

こうした形であっても、浅香は常に黒河の仕事をサポートしているのだ。

そしてこれからは、当麻も学びながら、黒河にとって使える医師になることが、当面の目標になる。清水谷や浅香のように、だが自分らしい形で日々成長していくことが、チャンスを与えてくれたすべての者への恩返しになり、また期待に応えることになるからだ。

「いいか。焦《あせ》るなよ。お前はすでに他の先生について二年経っているが、それは黒河先生につくことと比べたら、一年分程度の実績にしかならない。それぐらい黒河先生につく、黒河先生がつくってことには、経験値にも大差が生じる。若手の育成にかけては、他の追随を許さないと言われるこの東都であっても、これは現実だ。重圧はあって当たり前だと思うけど、それは大きなバネにしろ。いいな」

当麻は、浅香からの激励を受けるうちに、自然と背筋が伸びていった。

「はい。ありがとうございます。肝に銘じて、最善を尽くします」

真っ直ぐに浅香の目を見たときには、その長身故に見下ろす形になってしまったが、意欲に満ちた当麻の顔に、浅香は至極満足そうだ。

ニコリというよりはニヤリという感じの笑みだが、実に魅惑的なそれを向けてくる。

先ほどとは別の意味で、当麻の心拍数が上がった。

「余計にプレッシャー与えてどうするよ、浅香」

すると、それを見ていた黒河の同期で呼吸器外科医の池田が、くくっと笑った。

当麻と大差ない長身で肩幅も広い彼は、どちらかというと体育会系。色恋沙汰には不器用なところがあるが、人に対しても病巣に対してもとても真摯で繊細な男だ。

気取りや飾り気のないざっくばらんな性格も人好きされるところで、当麻も慕っている医師の一人。黒河の友人であり、また最初に浅香のオーベンを務めた医師でもあるために、この場でもかなり気を配っているのが見てわかる。

「これぐらい言わせてくださいよ、池田先生。もしかしたら、清水谷のあとは俺かもって期待を裏切られたのは確かなんですから」

「欲張るなって。お前には救急部長っていう立派なオーベンもいれば、副院長の弟っていう個人的なラブラブオーベンもいるだろう」

「それはそれで、これはこれなんです。ま、だからこそ当麻には頑張ってほしいんですけどね」

するとと、ごまかしのきかない池田に突っ込まれたためか、浅香も本音をぽろりと漏らした。

どんなに優秀なオーベンがついていたとしても、また有能な恋人がいたとしても、一人の医師として最初に惹かれた相手は特別だ。ときとして初恋よりも厄介《やっかい》だ。

これればかりは、どうにもならない。それほど浅香にとって黒河は絶対的な存在だった。

それこそ嫉妬ごときでは、当麻を恨み、憎めないほど。

応援するしか、術《すべ》もないほど――。

『浅香先生…』

気丈な浅香のいじらしい一面、一途《いちず》な思い、何より黒河への尊敬を前にし、当麻は気持ちも新たに覚悟を決めた。

これから何年黒河についてもらえるのか、実際のところはわからない。

清水谷には最初から最後まで黒河がついていたが、当麻の代になって、それが叶うか否かは保証がない。黒河は多忙な医師だし、東都には常に期待される新人も入ってくる。

だが、だからこそ、当麻は一日も無駄にできないと感じた。

黒河から一つでも多くのものを学び、そして盗んでいかなければ、貰ったチャンスを最大には活かせないと――。

「あ、そうだ。当麻先生」

「はい。なんでしょうか、清水谷先生」

「これこそ言うまでもないと思うけど、黒河先生は疲労が増すと、とんでもなく弾けちゃう人だから、適度なところで必ず糖分と強制休憩を忘れないようにね。これ、前に浅香先生が作ってくれたチェック表。十段階で危険度判断できるようになってるから、まず暗記しちゃって」

しかし、意欲も最高潮となった当麻に、清水谷は眩《まぼゆ》いばかりの笑顔を浮かべて、何やらメモのようなものをくれた。

「——あ、はい」

なんだろうかと思い、葉書サイズのそれに視線を落とす。

『危険度チェック？　危険度一から三。ドリンクに入れる砂糖が一つずつ増える。息抜きが必要。危険度四から五。スキンシップが激しくなる。やたら尻に触りたがる。この段階になったら、仮眠室に放り込んで睡眠三時間は必要。これをしないと、ここからすぐに危険度六から七になるので、ここで止めること？』

頭には入れても、ピンとこない。

疲れた黒河が問題児だという話は有名だが、実際〝そこまで壊れた黒河〟に、当麻は遭遇したことがない。運がいいと言えばいいのだろうが、そのため書かれたことを想像しても、なかなかイメージが掴めない。

だが、そんな想像さえ必要なくなったのは、デスクルームに黒河が現れたからだった。

「ひぃっっ‼」

当麻は、突然横から抱きつかれると同時に尻を撫でられた。

「よお、今度俺の下に来るのってお前なんだってな、当麻」

「くっ、黒河先生…っ」

これってすでに危険度五？

当麻は振り解くこともできないまま、顔を引き攣らせる。

「ふーん。なかなかいい面構えしてんじゃねぇか。けど、いまいち好みじゃねぇな～。和泉の野郎、俺を欲求不満にする気か？」

やたらめったら身体を撫で回してくる黒河は、いつにも増してセクシーだった。

もともとインテリジェントで端整なマスクを持った黒河は、男女のいずれが見てもかっこいい。称賛しかないルックスの持ち主な上に、今が盛りと見せつけるかのような男の艶がある。

それこそコーヒー一杯を飲む姿に見とれる者は数知れず、老いも若きも関係なく、患者からも大人気だ。

だが、普通にしていてもそうなのに、こうなると始末に悪い。

「せっ、先生。お疲れのようですので、少し仮眠室へ行かれたらどうでしょうか？　俺、代わりにできることがあるなら、なんでもしておきますので」

「馬鹿。お前が代わりにできる俺の仕事なんか、まだあるはずねぇだろう。できるとしたら、そうだな――――この際、ぶち込めればなんでもいいや。我慢してやるから、尻を貸せ」

いったい自分よりガタイのいい当麻に何を求めようというのか、黒河は〝神から預かった〟とまで言われる両手で、当麻の下肢をまさぐってきた。〝死神から預かった〟とされる双眸《そうぼう》でじっと見つめて、とんでもないセクハラを仕掛けてくる。

『ぎゃっっっっ!!　相手構わず股間に触ってくる。やらせろと強要する。危険度六から七。これって静止呪文の発動か⁉』

「あ!!　あれに見えるは、白石朱音《しらいしあかね》大先輩！」

当麻は藁にも縋る気持ちで、メモに書かれたとおりの対策を取った。

「何⁉」

突然発せられた恋人の名前に、黒河は瞬時に反応した。

当麻の身体から離れると、気の毒なぐらい必死で辺りを見回している。

『うわっ。本当に効いた。すごい、恐妻家って噂も本当だったんだな』

ちなみに黒河の恋人は、東都大学出のマドンナであり、東都グループ内の医療機器製造販売メーカーの会長でもある偉人だ。その上、歴代マドンナの中でも五指に入るほどの人気を誇る人物だけに、いまだに卒業たちの支持も根強い。

黒河信者の浅香でさえ、白石を前に出されると、懐くのは白石のほうだ。

完全にかかあ天下と言っても過言ではないだろう。ただし、恋人を主治医に持ち、癌の再発予防治療を受けているという痛々しい現実を除けば――――。

「って、いねぇじゃねぇかよ。当麻！」

当麻は、いろんな意味でオーベンに黒河がつくということが、大変なのだと実感し始めた。

「すみませんっ。俺、どんなに尊敬する黒河先生でも、尻は貸せませんので。代わりに仮眠室まで運ばせていただきますんで、それで許してください！」

それだけに、黒河を知り尽くした先輩たちの助言は、素直に受けようと思った。

「は⁉」

当麻は絡む黒河をその場で横抱きにすると、一目散に仮眠室へ向かった。

「えええっ――――っ⁉」

清水谷が思わず上げてしまった悲鳴もなんのその。

足早に仮眠室へ到着するなり、カプセルホテルのような作りのベッドの一つに、黒河の身体を横たえた。

「急患が入ったら、たとえ三分後でも呼びに来ますから、どうか今すぐ寝てください」

「おっ、おいっ」

あまりの状況に焦る黒河。

しかし、当麻はそんなことは丸無視で、黒河の肩まで布団をかけると、その後はパフパフしながら「では、おやすみなさい」と言って部屋を飛び出した。

出入り口には、あとを追ってきた浅香や池田、清水谷がいたが、それさえ無視しての逃亡だ。

「――――なんだ、あいつ？」

相手が誰であれ、自分が横抱きされることなどありえなかった黒河にしてみれば、疲労さえ吹き飛ぶほどの驚愕だった。

寝かしつけられたところで、眠れるわけなどない。

身体を起こすと、唖然としながら出入り口に視線をやる。が、当然ここまで追ってきた者たちと目が合った。

「くくくくく」

「何、笑ってんだよ」

堪《こら》えきれず、最初に腹を押さえたのは池田だった。

「ふふふふふふ」

「ぷぷぷ」

「何がおかしいんだよ、お前ら」

清水谷や浅香も一応気は遣っているが、笑いが堪えきれずに身体を震わせる。

「いえ、すみません。まさか黒河先生を姫抱っこする強者が現れるとは思ってなかったんで」

「あっはははは！　ナイス選択だ、副院長!!　ありゃ、大したルーキーだわ。もう、駄目だ。腹が痛てーっっっ」

「清水谷！　池田！　ってか、浅香!!　何、私用のＰＨＳ《ピッチ》なんか手にしてるんだよ。まさか、今のを撮って、朱音に送ったんじゃないだろうな！」

そんなの聞くまでもなく、送ったあとに決まっている。

帰宅後の黒河が、送信された写真のために〝受け疑惑〟を持たれて、白石に責められることは言うまでもない。

「だって、こんな傑作、送らなかったら、俺が怒られますって。ぷぷぷぷぷ」

「お前ら、いい加減に…」

だが、他人事だと思って無責任な！　と、黒河がベッドを下りようとしたときだった。

出入り口に立つ三人を「失礼」とかき分け、再び当麻が姿を現した。

「黒河先生。ＩＣＵ《集中治療室》の三宅《みやけ》さんが急変しました。すぐに来てください」

「何っ⁉」

当麻は自ら口にしたように、黒河を三分も寝かせることなく、呼びに来た。

「とにかく、早く」

「わかった。わかったから、引っ張るな」

それどころか、珍しく動揺を残した黒河の腕を掴むと、「早く」と力任せに引っ張っていく。

「だから、わかったって言ってるだろう、当麻っっっ！」

現場に誰かを引っ張る黒河は見ても、その逆はまずない。清水谷でさえ、これができるようになるまでには、黒河の下にいて三年、四年はかかったと思う。

それほど率先して患者のところへ走るのは黒河が先だ。

彼の前を行く医師など、最近では見た記憶さえない。

「嘘みたい。黒河先生が引っ張っていかれるなんて」

清水谷は、笑っていたことさえ忘れて、呆然と見送った。

「この分なら、心配いらないかもな」

浅香は手にしたＰＨＳの電源を落とすと、不敵な笑みを浮かべて、それを白衣のポケットに落とした。

「まあ、なんにしたって副院長と外科部長の人選だ。耐えられない奴は選ばれないって」

そんな二人に「戻ろう」と合図しながら、池田が前を歩き出す。

「当麻勝義か。あ、ねえ、浅香。彼って若い頃の黒河先生に似てない？　かなりワイルドだけど、なんとなく目元とか」

するとと、池田のあとに続いた清水谷が、ふいに口にした。

「そう言われたら。黒河先生から色気とフェロモン抜いて、ガタイよくしたらあんな感じか？」

「いや、それはすでに別人だろう。色気抜きの黒河なんて、黒河じゃねぇって」

変な同意をする浅香に、すかさず突っ込みを入れたのは池田。

「あ、それもそうですよね。ってことは、全体的に池田先生寄りで、顔つきが黒河先生似ってことかな」

「浅香、俺に喧嘩売ってるか？」

その後も三人は、職場に戻るまでのひとときを、この〝どうでもいいような〟件で盛り上がった。

「まさか!!　だとしたら、単純にすごいルーキーだな〜って。な、な、清水谷」

「そうですよ。池田先生と黒河先生のミックスなんて、最強じゃないですか」

「微妙だ。絶対に、それは変なたとえだ」

確かに、どう聞いても、よくわからないミックスだった。

しいて言うなら、池田の判断はいつも正しい――ということだろう。

＊＊＊

騒ぎに騒いだ発表日から二日後のことだった。

当麻は発表直後から黒河の下で動くようになったが、その結果、予定外の仕事ずくめで院内に足止めされ、二泊することになった。

それもただの二泊ではない。

これまでの当麻の研修内容に比べたら、二倍、三倍の労働量だ。

しかも中身が濃い。無我夢中で過ごした三日間が、過ぎてみれば半月分にも相当するのではないかと感じられるほどだ。

『はー。それにしても黒河先生ってすげえ。パワフルだ。普通はしないだろう？　八時間から十時間クラスの大手術を三本立て続けとかって。いくら間に仮眠が入ってるとはいえ、どんな集中力の持ち主なんだよ』

だが、こんなに心地よい疲労感を味わったのは、生まれて初めてだった。

念願の大学受験に勝利した心地よさを超えるものなど、この先あるのかと思ったが、ここにあった。それが嬉しくて、興奮が覚めやらない。

やっと帰宅できるのに、まるで喜びを感じない。充実しすぎた喜びは、どうやら当麻にとっては、魔性の媚薬ようだ。

おかげで黒河が疲れすぎると、どうしてハイテンションになってしまうのかも、なんとなく想像もつくようになった。

『体力だけなら若さでって思うけど、それだけじゃあんな込み入った手術を続けざまにはできないもんな。本当、心技体のすべてが驚異的だ。巧みなオペにゾクゾクしすぎて、あやうく勃っちまうところだった』

なんて不謹慎な、と思っても、それほど〝神からは両手を、死神からは両目を預かった男〟が見せた数々の執刀は、当麻にとっては刺激的だったのだ。

『このまま寝るのが惜しい。けど、寝なきゃ次がもたない。帰って寝るしかない』

当麻は、一息吐いてからロッカーを開けると、まずはしまっておいた携帯電話の電源をオンにした。

思えば、届いていたメールや着信履歴を確認したのも丸二日ぶりだ。

しかし、そんな当麻が目にしたのは、予期せぬ内容のメールだった。

「は？　同窓会？　それも俺の祝賀会って…。本人に予定聞かずに決めるか？　普通」

そんな話が出ているらしい、とまでなら小耳に挟んだが、だとしても決行が早すぎるだろう。

昨日今日持ち上がった話のはずなのに、一週間後には開かれる予定と書いてある。

しかも、この日程の決め方がまたすごい。

――――なお、当日のオフは、我らがマドンナ・織原に合わせて、勝手に押さえさせてもらったぞ。さすが東都の付属病院、他院に勤めるマドンナのオフ合わせなんですの一言で、同期全員オフゲット!! ブラボー!!――――

「ありえねぇし。馬鹿だろ、こいつら」

当麻は、発起人が同僚であり友人でもあるメンバーとはいえ、これには本気で呆れた。

口には出せなかったか、本当に「マドンナ」の一言でなんでも通るんだと知り、苦笑しか浮かばない。

「けど、織原のオフ合わせってことは、あいつも確実に来るってことだよな?」

それでも、こんな馬鹿げたことを真面目にやる友人たちのおかげか、当麻は久しぶりに織原とのキャンパスライフを思い出した。

〝俺、五キロ痩せたら、本当に変わるか?〟

〝いや、やっぱりこのままでいいや〟

〝え?〟

〝だって、お前がいきなりモテ始めたら、俺が相手にされなくなる。なんか、そんな気がしてきたから〟

黒河という存在を近くに得たためか、「痩せたら似ているかも」と言われたことが最初に頭に浮かんだ。

「大学にいる間に五キロ。研修に入って五キロ。けど、十キロ落ちても、似てるなんて言われたことは、一度もないぞ――」

ただ、このときの当麻が痩せる、痩せないという話には、後日談があった。

〝え⁉　天王寺総合病院？　どうして？　主席の特権だぞ。希望すれば、百パーセント付属病院に就職できるって〟

あれは進路相談が始まった頃のことだ。

すでに当麻は織原の言葉をきっかけに、自主トレーニングを始めて二年の間に五キロほど痩せていた。が、当の織原がまったくそれに気づくことがなく、当然「黒河に似てる」なんてことは、誰も言ってくれなかった。

〝そうやって、毎年上からごっそり東都に行くから、たまにはこっちにも寄こせってラブコールがあったんだって〟

〝――なんだよ。それって、堂々とコネを使った青田刈りじゃないか〟

〝けど、望まれて行くんだから、ありがたいことだろう。どんなに主席だって言っても、この先どうなるかわからない医者のたまごなのにさ〟

〝織原〟

それでも、身体が軽くなり、絞れたことで、当麻の姿勢は自然とよくなった。

猫背が解消されて、表情そのものも生き生きとしてきた。

そうして、いつの間にか合コンに誘われることも多くなり、率先して声をかけるのも織原だけではなくなった。

そして、当麻からも織原に声をかけるようになっていて――――。

少しだけ恋愛にも興味が出てきたら、自分にとって一番傍《そば》にいてほしい者が誰なのかが、見えるようにもなってきた。

〝でも、お前は行けよ、付属病院へ。もともと次席なんだから、希望すれば確定だ。でもって、俺の分まで和泉副院長や黒河先生の心技をしっかり盗んで、いずれはこっそり教えてくれよ。そしたら俺も、天王寺で得たことを教えるからさ〟

〝ああ。そうだな〟

ただ、当麻が〝こんな気持ち〟を織原にも感じてもらえたら、一緒に育んでもらえたらと考えたときには、卒業という名の別れがやってきた。

最後まで誰にも主席を明け渡すことのなかった織原は、和泉の推薦というかつてない名誉さえ手に入れ、光り輝いていた。

当麻にとっては、眩しいばかりの存在だった。

〝けど、さすがにお前も黒河先生を前にしたら、五キロぐらいすぐに落ちるかもな〟

〝――――いや、俺すでに五キロ痩せたけど〟

〝え⁉　そうなのか？　あ、悪い。じゃあ、お前のこれって脂肪じゃなくて筋肉だったんだな。ごめんごめん。あはははははは〟

迷いに迷って、当麻は胸の内を明かすことなく、織原と別れた。

まずは織原との約束を果たそう。果たせる医師になろうと決めて、あえて今ある友情を壊すかもしれない告白は、口にすることがなかった。

もちろん、仕事ばかりに目を向けるうちに、織原に恋人ができることも考えた。

そうなったときの衝撃までは想像がつかない。

後悔するのか、友情を守ってよかったと思うのか、それだけは未知の感情だ。

もしかしたら、今度の同窓会で、それが現実のものになる可能性はあるが、そうなったらそうなっただと、当麻には思えた。

なぜなら自分だって、あのときと同じ気持ちでいるのかどうかはわからない。

もしかしたら、もう変な意識はしないかもしれないし、ただの同級生にしか見えない可能性だってある。

これればかりは、本当に会ってみなければ、わからない。

『織原――――俺、お前の分まで頑張ったよ。まさか黒河先生につけてもらえるとは思ってなかったけど、まずは二年間。がむしゃらに頑張った』

ただ、今の自分なら、輝く織原の前に出ても堂々としていられるのではないかと、当麻は思った。

あれから更に織原が輝きを増しているのは確かだろうが、それでも今なら――――と。

『これって、ちゃんと評価されたって思っていいよな？　今なら少しぐらい、自信持ってもいいよな？　俺、今、黒河先生と仕事してる。直接背中を見て、外科医を目指してるから』

あまりに突然、しかも勝手に決められた同窓会ではあったが、当麻はいつしかそのメールを見ながら、笑みを浮かべていた。

こんなことがなければ、織原と会う機会は得られなかった。それは確かなので、行動力と実行力に優れた友人たちに、やはり感謝しよう。この際だからおかしな伝統やノリだけで休みをくれる病院や先輩たちにも、ありがとうございますと思っておこうと――――。


一方、織原は――――。

「助手としてオペ室に入るのなんか、十年早い。他はどうだかは知らないが、俺は俺だ。お前みたいなひよっこにもなっていないたまごに、大事な患者を任せられるか。それより昨日頼んだレポートはどうした？」

雨雲の向こうには輝かしい太陽があることさえ、思い出せない日々を送っていた。

「できています。ただ、細部に関しては、直接見ていないので…」

「それは俺が書き足すからいい。寄こせ」

淡々と繰り返される作業に、違和感や疑問ばかりが募っていく。

「次は、この執刀記録のＤＶＤだ。明日までにまとめておいてくれ」

「っ、しかし、連日これでは夜勤にも入れません」

日中が無理なら、せめて夜だけでもと思うが、それさえレポート作成で奪われていく。

直に患者を診る機会が得られないことに、さすがに焦りを感じ始めていた。

「誰が夜勤に入っていいと言った。自分が急患相手に、何かできると思ってるのか？　まさか診る気じゃないだろうな」

「────っ、ですが」

もちろん、天王寺が言わんとすることは、織原にも理解できた。

実際、救急夜勤がある病院では、研修医が務めているケースが多く、専門書を片手に問診するという話は少なくない。仮に、どんなにいっときを争うような患者ではないにしても、これを目の当たりにしたら、不信感でいっぱいになるだろう。

それを当院では認めない、許したくないと主張されても、織原は否定できない。

なぜなら天王寺は、当院の医師であると同時に、経営者の一人だ。

それも今や実権の大半を握っている。

病院の方針を決めるのは院長ではなく、この副院長のほうだ。

「他院は知らないが、俺は教科書片手に患者に対応するような真似は絶対に許さない。いいから、お前はレポートだけまとめておけ」

だが、それらのことがすべてわかっていたとしても、あからさまに舌打ちをされると、織原の胸は痛くなった。

「どうせ、今のお前が活かせるのなんか、せいぜい東都で主席だったという頭ぐらいだ。実力が伴わないうちは、大人しくしてろ。邪魔になるだけだ」

邪魔だと言われるたびに、目頭が熱くなった。

「はい…っ」

こんな状況に、最初は憤《いきどお》りも感じたし、納得できないという反感も起こった。

しかし、一日一日過ぎるごとに、そんな気力さえ奪われていく。

同じ状況が長く続けば続くほど、これは自分が何もできないのだから、仕方がない。

ここは病院――医師の不手際で患者に何かあっては遅いのだ。

現状にあえぐ自分を救いたいがために、いつしかそう言い聞かせるようになってきた。

『どこも、こんなものなんだろうか？　それとも俺だから、こうなんだろうか？』

いっそ、当麻にでも聞いてみるべきなのかとは考えたが、東都大学の付属病院はそもそも新人教育の方針が他院とは違う。研修医の扱いそのものが違うことで有名なので、聞いたところで比較にならない。

では、他の友人に？　とは思っても、もしも自分と違っていたらと想像すると、怖くて聞くこともままならない。どんどん自分が本当に無能なのではないかという思いが募って、多少はあった気がする自信さえ、損なわれていくのだ。

『いや、でも…。天王寺先生のオペは一流だ。執刀記録のＤＶＤを見て、こうしてレポートを書けるだけでも、幸運は幸運のはずだ』

結局織原は言われるままの作業を黙々とこなし、一日一日を過ごしていた。

疲労だけが溜まっていく、やり甲斐のない仕事。

虚しい、辟易とした疲労感ばかりを募らせながら――――。

「織原先生。どうかなさいましたか？　顔色が悪いようですが」

ただ、日々覇気をなくしていく織原を、こうして気遣ってくれる者はいた。

いつも笑顔を絶やさない年配女性、看護師長の松田《まつだ》だ。

「いえ。大丈夫です、師長」

「ならいいですが。それより夜勤の件ですが、まだ入れそうにないですか？」

松田だけではない。全員が全員、天王寺のような態度で、織原に接してくるわけではない。

むしろ、副院長をオーベンに持つという前例のない状況に置かれた織原を気にかけ、優しく声をかけてくれる者は多かった。

「すみません。天王寺先生の執刀レポートをまとめていて…。しばらく、夜は…」

「そう…。まあ、うちの救急は内科と小児科が担当だし、それならいいんですけど。あ、でも、ちゃんと副院長からバイト代は貰わないと駄目ですよ。まだまだ薄給なのに、夜勤手当がないんじゃ、まともに稼げないでしょう」

「――――師長」

しかし、それでも織原が日ごとに追い込まれていくように感じたのは、こんな気遣いのある松田にしても、他の者にしても、天王寺を悪く言う者が一人もいないからだった。

彼は確かにワンマンなところがあるが、心臓外科の専門医としての評価は高い。

副院長という立場の者としても、すごく評判がいい。

院内の者に慕われている。尊敬もされている。

陰で文句を言う者も見たことがない。

こうなると、やはり自分が辛く当たられるのは、自分に力がないからだろう。

彼の足を引っ張るだけの、まったく助けにならない役立たずだからだと、自虐的な思想にばかり走ってしまうのだ。

「それから、夜更かしするなら体調には気をつけてくださいね。六月とはいえ、気候の変わり目ですから。急に寒くなる夜もありますからね」

「はい。ありがとうございます」

織原は途方に暮れていた。

このままでいいのかと、本気で悩み始めていた。

『バイト代か…。むしろ、研修代を払えって言われかねないよな』

そもそも医師になりたいと願ったことが間違いで、どんなに知識を頭に詰め込んだところで、人格的に不向きだったのか？

適正ではなかったのを見抜いて、天王寺もああした態度に徹しているのかと、悪い方向にばかり考えが進む。

『俺は、このままでいいんだろうか？　ここにいて、いいんだろうか？』

いっそ、何もかも投げ出して、どこかへ消えてしまいたい――。

そんなとりとめもない思いまで、浮かぶようになってくる。

「織原くん。あ、いや。織原先生」

するると、そんな織原に今度は院長が声をかけてきた。

「あ、はい。院長先生」

彼は和泉を介して、初めて会ったときから変わらなかった。

いつも穏やかな笑顔で接してきて、東都大学の先輩・後輩でもあることから、特に織原には優しい。周りからは、まるで孫を構っているようだと言われるぐらいだ。

「いや、君の世代は本当にすごいね。同期の彼。なんて言ったかな？　ほら、次席でそのまま付属病院に進んだ子がいただろう」

しかも、こうして母校の付属病院で何かがあったと耳にすると、必ず織原にも教えてくれる。

「――――当麻のことでしょうか？」

「そう、その当麻くんだ。今度、黒河くんがオーベンにつくそうだよ」

「黒河先生が!?」

「ああ。いや、こう言ってはなんだが、君にうちのをつけておいてよかったよ。和泉くんへの面目が立った。次席の彼がそれだけの評価をされているのに、まさか主席だった君に、なんの配慮もなかったと知れたら、怒鳴り込まれているところだ。君は、彼が泣く泣く手放してくれた子だからね。大切に扱わないと、それこそ恨まれてしまう」

それも、まるで自分のことのように心から喜び、一瞬とはいえ織原に在学時代の気分まで味わせてくれる。

『あ…、そうか。これでも俺は、東都なら黒河先生がオーベンにつくのに匹敵するほどの待遇を受けてるんだ。どう扱うかは、オーベンにもよるだろうけど…。でも、研修二年目から副院長がオーベンって、確かに、ここでは特別待遇だ。過去にも例がないって聞いてるし――』

だが、これもまた織原にとっては、現状からの脱出を妨げる要因の一つだった。

院長の言葉に嘘はない。表裏もない。

織原は特別な待遇だからこそ、天王寺というオーベンがついている。

そして天王寺も、それを十分承知しているから、織原には特別時間をかけている？

山のような執刀例を見せ、そしてレポートを書かせることで、日本ではなかなか積み重ねることができない術例数を、せめてイメージだけでも稼がせている？

ついでに言うなら、天王寺の口が悪いのも、あえてとかわざと？

――と、いいほうにも考えさせてくれるからだ。

「ということだから、気にせず休みを入れて行っておいで」

やはり、自分が焦りすぎているんだろうか？

研修医の間は、どこもこんなものなんだろうか？

東都の研修システムを見すぎて、それが当たり前だと思っていたから、物足りなさから悪いほうにばかり考えてしまう？

織原は終始にこやかな院長と話をしていると、余計に何が何だかわからなくなってきた。

「え？　どこへでしょうか？」

「同窓会だよ、同窓会」

「同窓会？」

そこへもっと困惑するような話をされたものだから、織原の声はとうとう裏返った。

さすがにこんな同級生同士でしか交わされないような話まで、まさか院長から聞くとは思わなくて――。


定時に上がり病院を出ると、織原は帰宅がてら携帯電話に届いていたメールを確認、当麻同様ただただ驚愕することになった。

『しっ、信じられねぇ!! 普通、本人より前に、院長に休みの交渉するか!? それも和泉副院長を経由してって、どういう神経してんだよ』

いっそ夢だと言ってほしい。

それほど、織原が予定を押さえられた過程は、常識離れしたものだった。

いくらなんでも、巻き込む相手を考えろ。そう叫んでしまいそうなほど、この同窓会を仕組んだメンバーは、用意周到かつ手回しがよすぎた。

『これは、絶対に初等部から東都にいるような連中の仕業だよな。大学から入ったような俺や、当麻には、とうていできないことだ。ほんと、縦にも横にも繋がりが強靭なのはわかるけど、それにしたって、変な集団だよ。東都ってところは！』

織原の脳裏に、首謀者たちの顔が浮かぶ。

当麻を抜いた同期のメンバーの〝してやったり〟という悪戯《いたずら》めいた顔がいくつも脳裏によぎって、頬が膨らむ。

『まあ、あのおかしなところが、いいっちゃいいんだけど…。それにしても、すごいな当麻は。黒河先生が新人を育てるなんて清水谷先生以来だよな？　ってか、まだ二人目じゃないか？』

それでも独身寮の部屋に戻り、改めてカレンダーと予定を見比べていると、無性に懐かしさが込み上げてきた。

自然に本棚の下段角に置かれた卒業アルバムに手が伸びる。

『それに、黒河先生が育てるってことは、オールラウンドだよな。よっぽど見込まれなければ、ないことだ。それに黒河先生の下になら、かなりの数の医者がいるはずだ。今年入った研修医まで含めたら、ざっと九年から十年分？　その中で唯一選ばれたのが当麻なんだもんな』

アルバムの中には、たった二年ちょっと会わないだけで、懐かしいと感じる顔ぶれがいくつもあった。

最近では鏡に映しても、まったく見ることのなくなった、覇気に満ちた自分の顔もある。

織原は、ついついそれらと持ち帰った執刀記録のＤＶＤを見比べると、久しぶりに熱くなった気持ちが一気に冷めた。

『そりゃ、黒河先生の執刀レポートは、昔から清水谷先生が書いてたって話は有名だ。これから当麻も、同じようなことするんだろう。でも、黒河先生は清水谷先生についたその日から、オペ室に入れたって話だし。いや、東都はそもそも一年目から普通にそれをする。場合によってはメスも持たせる。だから、他院よりも若手が早く育つ。他の病院なら五年かかるものが、東都ならば二年、三年で身につく』

焦りと言えば、焦りに他ならなかった。

一人だけ、自分だけが取り残されていく焦りと恐怖が、一気に織原の胸を締めつけた。

『同等――なんだろうか？　確かにオーベンが副院長って、すごい待遇だろうけど。本当に俺は、今の当麻と並んでも引けを取らないだけ、成長できてるんだろうか？　この二年の間に、実は三年、四年分の差が生じてるんじゃないだろうか？』

同窓会には行けない。こんな気持ちで行けるはずがない。

そんな時間があったら、もっと勉強したいと織原は思った。

病棟を巡回するだけでもいい。夜勤で雑用でもいい。

今は少しでもいいから、医師として患者に接する時間が欲しいと――。

ささやかな願いさえ、今の自分には叶わない。そう痛感したのは、同窓会が予定された前日のことだった。

「織原先生、聞きましたよ。明日は同窓会ですって？」

「いえ、俺は行きません。休日で人手不足ですし、入院病棟を回ったりもしたいので」

「あら、そうなんですか」

相変わらず優しい笑顔で話しかけてくれた松田に、織原は思い切って自分の気持ちを声にした。

「その必要はない。お前は院長の顔に泥を塗る気か」

「っ、副院長」

だが、それは話を聞きとめた天王寺によって、瞬時に打ち消された。

「それに明日は院長が出てくると張り切っていた。患者にとっては、お前がいるより、よっぽど確かだ。患者のためにも、お前は休んでおけ」

「――――っ」

さらりと発せられた言葉に、心臓を撃ち抜かれる。

これが特別待遇なのだろうか？

本当に織原自身のためになることなのだろうか？

プイと顔を背けた天王寺を見ると、織原にはとてもじゃないが、そうは思えなかった。

「せいぜい古巣に戻って、甘えてくることだな」

しかし、言いたいことだけを言ってその場を立ち去る天王寺に、織原は黙って奥歯を噛むことしかできない。

「織原先生の代わりに院長先生が出てくるなんて。やっぱり、これも母校愛。可愛い後輩への気遣いなんでしょうね」

松田には微笑ましい話に聞こえたようだが、織原にはもう、そんなふうには考えられない。

自分は明らかに邪魔にされている。

理由はわからないが、天王寺からは忌み嫌われている。

『どうして？　どうしてなんですか？　天王寺副院長』

織原は、次第に息苦しくなってくると、その場から逃げるようにしてトイレへ駆け込んだ。

『俺が何かしたんですか？　それとも、そんなに俺はあなたから見て、白衣を纏う資格のない男なんですか？』

声も出せずに、また呼吸さえまともにできずに、溢れ出した涙も拭えないまま立ち尽くす。

『だったらいっそ、辞めろと言えばいいじゃないですか。邪魔だ。教えることなどない。ここへは来なくていいと言うぐらいなら、たった一言――辞めろって!!』

織原は、トイレの個室に籠ると、しばらく外へは出て行けなくなった。

いっそこのまま消えてしまいたい――。

そんなことしか考えられなくなっていった。

3

翌日出かけるとわかっていたためか、珍しく天王寺は宿題を出さなかった。

織原は、レポート作成に追われることのない夜を迎え、久しぶりに熟睡できるとベッドに身を沈めた。

『駄目だ。目が冴《さ》えて眠れない』

日中感じた極度なストレスのためか、なかなか寝つくことができない。

こんなときに眠っておかなければ、いつ眠るんだとわかっているのに、時間が経つほど目が冴えてくる。

眠りたいのに眠れない。

かといって、眠れぬ時間を使って、何かしようという気にもなれない。

無気力と言えば、無気力だ。込み上げてくるものが何もない。

織原は、まるで入院患者のようだと思いながら、天井を見つめて一夜を過ごした。

いつしか囚われた睡魔に身を任せたときには、東の空が明るくなり始めており、目が覚めたときには夕方近くなっていた。

『やばい。遅刻する！』

同窓会が始まるのは、午後六時半。

織原は急いでシャワーを浴びると、支度を調え、独身寮をあとにした。

あまりに慌ただしくて、気乗りがしない、行くのを躊躇《ためら》っていたことさえ忘れてしまったほどだった。


同窓会は、銀座《ぎんざ》にあるマンデリン東京《とうきょう》というシティホテルで行われることになっていた。

『懐かしいな。謝恩会もここだったっけ』

幹事の中に、ホテル関係者の知り合いでもいたのだろうか。こんな急に、しかも六月の週末によくぞ宴会場を押さえられたものだと織原は感心した。

ホテル内のフロアには、本日挙式、披露宴を行うのだろうカップルとその来賓でいっぱいだ。

『何もこんな日に、いい年の男ばかりが百人も集まることはないだろうに』

織原は絢爛豪華なフロアに足を踏み入れた途端に、溜息が漏れそうになる。

「織原！」

「？」

正面奥のエレベーターフロアから駆け寄ってきた男に呼ばれて、ハッとした。

うつむきかけた顔を上げる。

満面の笑みで手を振ってきた男は、いつかどこかで見たような。いや、想像したような顔だった。

「久しぶり。元気だったか？」

「もしかして、当麻？」

そう、いきなり目の前に現れたのは、織原が何度か想像はしたが実際に見たことがなかった男の顔だった。

もしかして、痩せて締まったら黒河先生に似ているかもしれない？

そんなことを思い、勝手に頭の中で作り上げていた当麻勝義だったのだ。

「何言ってるんだよ。俺の顔を忘れたのかよ」

まるで夢の中から出てきたような当麻に、織原は驚きと興奮を覚えた。

「いや、お前痩せた？　顔が無茶苦茶すっきりしてるんだけど」

思わず手が伸び、頬に触れる。

温かい――――。

手のひらから伝わる温もりに、織原はどうしてか心までじんわりと温かくなった気がした。

自分はこんなに凍えていたのだろうかと、知ってしまうほど。

「ああ。研修がきつくて更に五キロは落ちたな。さすがに十キロ違うと、顔つきも変わるみたいで。どうだ？　お前の言うところの、ちょっと黒河先生に似てきたか？」

突然頬を撫でられた当麻は驚いて、それでいてかなり照れくさそうに言った。

自分に向けられる笑顔は、昔も今も変わらない。やはり彼は当麻であって、黒河ではない。当たり前のことだが、かえってそれが嬉しい。

「っ…。いや、似てなかったわ」

二枚目は二枚目だが、当麻にはまだ黒河ほどの迫力もなければ、色香もない。どちらかといえば、ワイルドなイメージのほうが先行していて、インテリジェントが先行する黒河とは違う。

けれど、そこが織原を安堵《あんど》させてくれる。

二年弱の歳月を経てもなお、変わらぬ距離感、関係が実感できて、気が休まる。

「——あ、そ。まあ、そんなもんだよな。相手は天下のミスター東都だもんな。しかも、いまだにミスター東都だし。悔しいって思えないぐらい、実際かっこいいから。そこがやっぱり悔しいや」

「なんだよ、それ。結局は悔しいんじゃないか」

なんでもないようなやりとりに笑みが零れたのは、久しぶりのことだった。

ここまで来て再会するのに躊躇いがあったことが嘘のようだ。

「それより、少し痩せたか？　お前も」

しかし、そう言って顔を覗《のぞ》き込んできた当麻は、織原が以前と比べて細くなったことを見逃さなかった。

痩せたかとは聞いてきたが、本当は「窶《やつ》れてないか？」と心配そうだ。

それは目を見ればわかる。織原は笑顔を作ってごまかした。

「やっと臨床研修が明けたばっかりだっていうのに、太ってたらおかしいだろう」

「まあな。確か二年目から副院長がオーベンだって話だもんな。そら、激務だよな。でも、天王寺副院長についたってことは、いずれは心臓外科を専門にするのか？」

「一応はそのつもりなんだけど」

当麻は普通に織原の言葉を信じた。同じ道を歩んでいれば、織原の言い分も納得できる。

当麻だってまさか考えもしないだろう、織原が憔悴《しょうすい》している本当の理由など。

「そうか。俺もこれから頑張らないとな。出遅れた分、織原を追いかけなきゃ」

「何、言ってるんだよ。そんなことないって」

直に患者と接することが許されない。このままでは術例を重ねることも不可能だ。

専門医など夢のまた夢で――織原は抜けることのない疲労感が倦怠感になっていくのが怖かった。

そう思っているだけで、もうとっくに倦怠感になっているかもしれない。

繰り返されるレポート書きが嫌だというわけではない。

執刀記録のＤＶＤを見て、そして改めて文字に起こすことで、学ぶことは多々ある。

イメージトレーニングだけなら、毎晩だ。専門医認定までの規定術例数さえ、軽く超えた。

それこそ国内ではなく、もっと厳しい米国基準数にも匹敵するだろう。そういう意味では、感謝もしている。

ただ、それが完全に中心になってしまっている現状からは、どうにか脱したかった。

せめてこれがいつまで続くことなのか、知りたかった。

「それに俺は…」

織原は、この行き場のない感情を、当麻にならば聞いてもらえるか？　と考えた。

どんなに病院の体制や、オーベンの主義思想が違ったところで、何かしらの意見ぐらいは貰えるだろう。

そんなものだと言われれば、まだまだ我慢の時期だったんだなと、自分の焦りをなくして改めることができる。

また、それはいくらなんでもおかしいだろうと言われれば、ではどうしたらいいだろうと相談もできる。

しかし、そんな話を切り出そうとした矢先のことだった。

「あ、織原だ！　我らがマドンナの到着だぞ」

「ずるいぞ、当麻。何、勝手なことしてんだよ。独り占めは厳禁だって言っただろう」

フロアで立ち話をしていた織原たちを見つけた友人、本日の幹事を務める者たち二人が足早に寄ってきた。

それこそ、どうしてこんなところにいるんだ、早く会場へ来いよと、満面の笑みで織原を引っ張っていく。

「何、言ってるんだよ。俺を勝手にだしにしたくせに。これぐらいの特権はあってもいいだろう」

「そんな特権なくたって、結局いつもくっついてたじゃないかよ」

「そうだそうだ。今夜ぐらい、お前はただのだしでもいいだろう。そうでなくても、毎日黒河先生にべったりっていう、美味しい生活を送ってるんだからさ」

織原は、一気に学生時代へ戻ったような感覚になった。

だが、それだけに当時とは同じではないことにもすぐに気づいた。

「美味しい意味が違うって。一日執刀二十時間とかざらだぞ。外科部から救急の梯子《はしご》だぞ。しかも、いきなり第一助手だ。聞きしに勝るきつさだって。三日目には起きられなくて遅刻したぐらいだ」

声をかけてきたのが当麻同様、付属病院にそのまま進んだ者たちだった。

自然と会話の中心が当麻になる。

同じ病院にいても、科が違えばわからないこともあるだろうし、彼らにとっても今の当麻から聞くことのできる話は新鮮だ。何気なく話を漏らした当麻に羨望の眼差しを向ける。

「ふぇっつっつ。実地研修に入りたての新人がする仕事じゃねぇな」

「本当だよ。なにせ、二日目には虫垂炎の患者だから、お前が切れって言われて、声にならない悲鳴を上げたほどだ。それも相手は院内倫理会のお偉いさんで…。真顔で〝私の腹はこの日のためにあるんだから、失敗を恐れずに切ってみろ〟って、患者本人が言ってくるんだぞ。無茶苦茶なところだよ。東都って」

やり甲斐で満ちた当麻の話は、どんなに大変だと言っていても愚痴には聞こえなかった。

日々驚きはあるが、それ以上の感動がある。それが嬉しいと、生き生きとした表情や口調から伝わってくるのだ。

「けどさ、そうやって新人育てるのがあそこの伝統じゃないか。黒河先生だって、初執刀が和泉院長の盲腸だって有名な話だし。副院長のも、当時担当していた研修医が切ったんだろう」

「そうそう。うちじゃ盲腸は研修医の初執刀用って決まってるからな。持ってる人間は全員、腹を据えてるって話だ。それこそ、噂を聞いた一般患者から出入り業者の人間まで、率先して〝未来の外科医のために〟って、研修医に執刀させてもいいって申し出るぐらい。よく考えたら、怖いもの知らずもいいところだけどな」

「そういう意味では、患者にも恵まれてるのかもな。東都っていう病院は」

フロアから同窓会会場までの移動中、織原はどんどん笑えなくなっていた。

『――職員どころか、関係者全員が外科部の臨床実験対象かよ。いや、うちの院長も対抗意識で、それぐらいはしてくるかもしれない。もっとも、レポート書きのために手術室に入れてもらうのがやっとな俺じゃ、論外だろうけど』

東都が新人研修に特別力を入れているのは、医療関係者なら誰でも知っているほど有名な話だ。

その代わり、先輩医師たちが代々後輩を厳しく、また親身になって育てていく。

人間だから相性の良し悪しもあるだろうと、定期的にオーベンも入れ替わる。

早い段階から患者に接触させる分、オーベンの監視、管理も行き届いているが、負担も大きい。

なので、定期的に担当を入れ替えることで、先輩医師たちの負担も軽減しているのだ。

それを考えれば、そもそも黒河が清水谷につきっぱなしだったのは、異例のことだ。

だが、黒河もそうして和泉に育てられたことを考えると、これは特別枠のみでの継承なのかもしれない。

だからこそ、こんなにも当麻に注目が集まる。

同窓会会場に入ると、織原は更にそのことを実感した。

「それにしても変わったよな、当麻の奴。昔は、どっちかっていったら、控えめ？　頭は抜群にいいのに、なんか大人しくて地味だったよな」

「ああ。在学中に瘦せ始めてから、精悍《せいかん》さは出てきてたけど、今ほどじゃなかったもんな」

誰もが織原の姿を見ると駆け寄ってくる。

しかし、話の内容はすべて当麻のことだ。

「あれは、やっぱり更に瘦せたからっていうよりは、自信だろうな。仕事で認められたからこその自信。男の顔ってやつだよ」

「くぅぅぅっ、すっかり男前になっちゃって。こんな、余計な肩書なんかなくても、東都次席だけでも十分だろうに。瘦せて二枚目、その上仕事でも…って、ずるすぎだよな」

羨望の眼差しだけではない。当然嫉妬も入り交じる。

この場にいる百名のうち、外科医を希望していた者たちは、最低でも三割はいる。

特に一緒に付属病院へ行った者たちなら、なおのことだろう。黒河というオーベンを持つチャンスだけなら、平等にあったはずなのだから。

「――――けど、実際当麻は頑張ってたから、文句はないけどな。それに、こうして努力が評価される病院なんだってことがわかって正直嬉しいよ」

ただ、同じ場所で努力したから、今回選ばれたのが当麻だったことを、心から祝福できるという者もいた。

「やっぱり東都は患者だけのためにある病院じゃない。勤める者たちにとっても、金字塔だって、改めて思えたから」

当麻もすごいが、病院もすごい。教授も先輩たちも偉大だ。

改めて誇らしげな顔をする者を見ると、織原は〝これだけはするまい〟と思っていた後悔をしてしまいそうになった。

『勤める者にとっても金字塔か。天王寺とは違いすぎる。今の俺には別世界だ』

込み上げてくるものが抑えきれず、目頭まで熱くなってくる。

ふいに、悲鳴を上げたくなった自分を抑えるために、手にしたグラスの中身を一気に呷《あお》った。

いっそ何もわからなくなるまで酔ってしまいたい。意識をなくして目が覚めなければ、楽になれるのだろうかと、そんなことまで考え始める。

「どうしたんだよ、織原。今夜はよく飲むな」

「――――え？　なんでもないよ」

しかし、結局それさえできずに、織原は仲間に気を配った。

学生時代さながらの笑顔を振りまき、声も弾ませた。

「そっか。それより、実際のところどうなんだ？　天王寺大先輩のところって。確か二年目から副院長がオーベンについたって話は聞いてたんだけど。やっぱり、昼夜問わず執刀だらけなのか？　心臓外科じゃ名の知れた人だもんな。確か天王寺大先輩の息子の副院長も」

「そりゃあ、そうだろう。なにせ、付属に行くとばかり思っていた織原が、異例なスカウトを受けて嫁に出されたって大騒ぎだったんだ。あれ以来、天王寺大先輩方式で直接学長や和泉理事に直談判しに来る病院関係者が急増したって話だからな」

　仲間の笑顔が眩しかった。

「ある意味伝説作ったよな。さすが織原」

「なんにしたって、我らがツートップは、すごいってことだよ。俺たちもしかして、十年に一度の逸材が揃った学年ってやつじゃん⁉」

　実際はそうじゃないと叫びたかった。

「いや、せいぜい三年に一度がいいところだな。上には清水谷先輩や浅香先輩がいた学年がある。それに、大豊作と呼ばれた黒河先輩、白石先輩たちがいた世代には、やっぱり太刀打《たちう》ちできないだろうし」

　それなのに、肝心なところで話が逸れていくために、織原は何度となく本当のことを言いはぐれて、固唾を呑んだ。

　見栄や体面もあったのも確かだろうが、ここぞと言うときに切り出す間を外してしまうと、話が話だけに言い出せない。

『――昼夜問わず執刀か…』

その分、ストレスばかりが溜まっていく。

時間が経つごとに疲労感ばかりが増して、それを紛らすようにグラスの中身を飲み干していく。

悪循環もいいところだ。

『俺はいったい、なんのために天王寺へ行ったんだろう？』

ただ、こんなことを繰り返していて、笑顔を振りまき続けられるほど、織原は酒豪ではなかった。

どちらかといえば、ここ二年は飲む機会さえ限られていたことから、学生時代より弱くなっていた。

宴も酣《たけなわ》という頃には、人目を避けるようにして、トイレに駆け込む。

「う――――っ」

個室に入った途端に膝が折れて、胃の中のものをすべて吐き出した。

『もう、嫌だ。やっぱり来なければよかった。こんなことなら、寮に籠ってレポートでも書いてたほうが、まだマシだったかもしれない』

吐くものさえなくなると、その後は胃液を搾り出すようにして苦痛と闘う。

どうしたらこんなに心も身体も辛くなるのか、堪えきれずに涙が溢れた。

すると、コンコンというノックと共に声がかかった。

「織原。大丈夫か？」

「え？」

心配そうに聞いてきたのは、当麻だった。

織原は慌てて涙を拭うと、水を流してから個室を出る。

「どうしてここにいるのが…？」

今日の主役で、片時も仲間たちが離れることがなかった当麻。

織原とはかなり離れた場所で、別のグループで、ずっと盛り上がっていたはずだ。

「なんか、来たときから調子悪そうだったから。それに、昔からそんなに飲めるほうじゃなかっただろう。なのに、けっこう今日は飲んでるなって思って、気になってたんだよ」

「当麻…」

こういう観察力は、昔も今も変わっていない。

それどころか、今のほうが何倍も鋭そうだ。

「まあ、みんな久しぶりだし、つい飲んじゃうのはわかるけどさ。けど、疲れてるところへ持ってきて、いきなりじゃあ、明日に響いてもなんだろう」

当麻は白衣など纏っていなくても、織原には立派な医師に見えた。

今回のようなことがなくても彼は常に気を配ることを忘れず、また弱っている人間を見逃すこともないだろう。

その上、〝選ばれた〟という現実は、確実にこれまでにはなかった自信を当麻に与えたのだろう。

今まで以上に頑張ろうという覇気や充実感も与えていて、それを言葉にしないまでも、全身で表しているのだから、今の織原には眩しくて仕方がない。

傍にいて、こんなに安心できる相手のはずなのに、胸が痛くなる。

「別に、響く仕事なんかないから、平気だよ」

見ているのさえ辛くて、自分が惨めで、嫉妬にばかり駆られて自虐に走る。

「？」

再び漏れた織原の投げやりな言葉に、当麻はただ驚いていた。

「どうせ俺はお前と違うし――うっ」

「織原！」

一瞬、聞き間違いかと疑ったのかもしれない。

そんな困惑した顔さえ見せて、その後は再び吐き気を我慢できなくなった織原に、両手を差し出してきた。

「無理しなくていいぞ。出したほうが楽なら、全部出せ」

優しくされると感情が高ぶった。

強く、しっかりと身体を支えられたら、涙が溢れて止まらなくなった。

「ほっといてくれよ。どうせ俺なんかいたっていなくたって一緒だよ」

ただ、言葉で当麻の存在を否定はしたが、振り払うまではできなかった。

「っ、織原⁉」

酔っていたからではない。

吐き気で力が入らなかったからでもない。

助けてほしいと上がった悲鳴。言葉は違えど織原は、確かに当麻に向かってＳＯＳを発信したのだ。

「俺なんか、いなくたって――――別に、誰も困らな…い」

頼むから、自分の言葉を否定してくれ。

願わくば、俺が必要だと言ってくれ。

〝患者のためにも、お前は休んでおけ〟

織原は、脳裏にこびりついて離れない天王寺の冷ややかな眼差し、そして後ろ姿を振り切りたくて、当麻に助けを求め続けたのだ。

「織原？」

そうして、それさえ意識が朦朧《もうろう》としてできなくなると、その場で完全に身を崩した。

「織原!!」

＊＊＊

当麻の腕の中で倒れた織原が意識を取り戻したのは、それから数時間後のことだった。

「…っ、ここは？」

織原の視界に広がっていたのは、シンプルな中にも気品が漂うホテルの一室。通常のシングルやダブルルームにしては広い気がした。とすれば、エグゼクティブフロアの一室だろうが、なんにしても上着とネクタイ、そしてベルトを外された状態でベッドに寝かされていた。

『当麻』

室内を見回すと、同じような姿で寛《くつろ》ぐ当麻が目に入る。

彼は窓辺に置かれたソファに腰かけ、医学書を読んでいた。見覚えのある表紙は、脳外科の権威でもある天王寺院長の著書だ。

こんなところでも当麻の仕事に真面目で真摯な姿勢を垣間見た。

自分ばかりが不出来な気がして、織原はまた胸が痛くなる。

「あ、気がついたか。ここ、マンデリンの客室だよ。お前が倒れたから、どうしようってなって。幹事が慌てて部屋を取ってくれたんだ。ちなみに、部屋代は今夜の会費から出てるから安心していいぞ」

織原の意識が戻ったことに気づくと、当麻はすぐに本を置いて立ち上がった。

「――とんでもない迷惑かけたんだな」

顔を真っ青にして吐いた上に意識を失った織原は、軽度の急性アルコール中毒。百名もの研修医が揃う中、誰もがそう診断しても不思議のない状態だった。

だが、理由はどうであれ数時間でも熟睡したためか、織原の身体はかなり楽になっていた。

酔いそのものは残っていたが、判断能力は失っていない。だから織原も、周りと同じ診断をした。

昨夜は体力が落ちていたところで、飲みすぎた。懐かしさも手伝って、油断もした。何より自棄《やけ》になって、当麻に弱音も吐いた。

嫌になるぐらいすべて覚えていて、自嘲もしてしまう。

苦々しいまでの笑みを浮かべて、当麻に「ごめん」と謝る羽目になる。

「迷惑って言うなよ。むしろ、みんな反省してた。仕事で疲れてるだろうお前に、結局無理させたって」

しかし、当麻の表情は優れなかった。

明らかに何か疑っていた。

きっと当麻が気にしているのは、織原が飲みすぎで倒れたことではない。

なぜ、織原がそんな飲み方をしたのか、あんな自虐的なことを口にしたのかということだろう。

「お前、昔から、そういうこと絶対に口にしないから」

当麻は、備えつけの冷蔵庫に向かうと、中からミネラルウォーターを取り出した。

セットされていたタンブラーに注ぐと、ベッドから身を起こした織原に、そっと差し向けてくる。

「疲れてなんかいないよ。そんな仕事してないし」

冷えた水を一口飲むと、渇いた口内が潤った。

と同時に、乾ききっていた心も潤ってきた気がして、織原はこれ以上自分や当麻をごまかすのが苦しくなった。

「織原？」

「俺はお前ほど立派な仕事なんかしてない。役立たずだ。患者を診る資格もない。ただのレポート書きだって」

そして、こんな醜態を晒《さら》したあとなら何を言っても構わないだろう、そんな気持ちが起こり、織原は思いつくまま吐き出した。

「どういうことだよ」

「俺が無能なだけだよ。きっと――ただそれだけだ」

どうせならすべて吐き出してしまえばいいのに、それができなかったのは、当麻が先ほど手にしていた天王寺院長の著書を見たからだろうか。

「織原」

織原自身、天王寺院長に不平不満を覚えたことは一度もなかった。

病院そのものや同僚たちにしたってそれは同じだ。

私立病院とはいえ、設備も充実していて、患者からの評判もすこぶるよい。

特に「まだまだ若いのに副院長はよくできたものだ」と、何度耳にしたかもわからない。

それは今日の同窓会でも同じだ。

医師としても経営者としても、副院長を務める天王寺は評価されている。

そうなれば、やはりレポート作成や雑用ばかりが回ってくるのは、自分が悪いのだろうと織原は思ったのだ。

しかも、仮にオーベンへの不平不満を口にしたとして、「どこもそんなものだ」と言ってもらえればまだいいが、「それはお前だからだろう」と言われた日には救いようもない。

これからどうしていいのかさえ、わからなくなる。

今の疲労感にさえ耐えられず、きっと心身から潰れてしまう。

とはいえ、こんな自虐的な言葉ばかり聞かされたほうだって、たまらないだろう。

気にするなというほうが無理だ。

織原は、当麻から強引に「わけを話せ」と責められると思った。

「何があったのかは知らないけど、俺は、お前との約束を果たしたくて頑張ってきたんだぞ」

しかし、当麻はそんなことはしなかった。

「あえて東都じゃなくて天王寺へ行ったお前に、黒河先生や和泉副院長の仕事がどういうものか伝えたくて。それが今日に繋がったんだ」

自分にとって、どれだけ織原が支えなのか、また意欲のもとだったのか、それを明かしてくることで織原を宥めてきた。

『当麻…』

慰めると言うよりは、単純に感謝していると伝えたかったのかもしれない。

いずれにしても同情的なニュアンスは感じられない。が、それがかえって織原には辛かった。

当麻が見ているのは、学生時代の自分だ。

決して今の自分ではない。

同期の者たちにしても、それは同じで。彼らが好み、笑いかけてくれたのは、過去の自分であって、今の自分ではない。

そんなふうにしか思えなくて、自分が一番情けなくなってきたのだ。

「今の俺は、お前にしかそんなことを言われるような人間じゃない。どうせ俺なんか誰の役にも立ってない。必要ともされてない。自分の存在に価値や意味があるのかもわからなくなってきた」

本当に、なんてすさんだ気持ちになっているんだ。

一生涯の友だと思い、また思われてきたと信じていた者たちにまで、こんなふうにしか考えられなくなっている。

「いてもいなくても同じだ。どうせ、誰も困らない！」

もう、消えてなくなりたい——。

織原は、そんな気持ちで声を荒らげると、手にしたタンブラーを勢い余って投げてしまった。

「っ！」

当てるつもりなどまったくなかったが、手元が狂って当麻にぶつかった。

それも、咄嗟《とっさ》にタンブラーが向かってきた顔を庇《かば》ったがために、当麻は右手首にそれを受けていた。

「痛っ」

『当麻！』

タンブラーそのものは、手首で弾かれ床へ転がった。

毛足の長い絨毯は、落ちてきたそれを柔軟に受け止め、割れることはなかった。

しかし、見る間に当麻の手首が赤くなっていく。

織原は咄嗟にベッドから抜け出し、下り立とうとした。が、込み上げた罪悪感からか、それ以上は動けない。

「ごめん」とさえ口にできないまま、激痛が走った胸を押さえる。

『なんてことを！』

外科医を目指す者にとって、両手と両目はもっとも守って然るべき場所だ。

何も知らないならともかく、それを知っている自分が相手の顔を目がけてタンブラーを投げつけ、なおかつ利き手の手首にぶつけてしまったのだ。

この衝撃は、受けた当麻より、織原のほうが大きかった。

自分を見下ろす当麻が心底から怖いと感じたのは、これが初めてだった。

織原は見てわかるほど動揺し、その目から大粒の涙が零れる。

「何、言ってるんだよ」

しかし、ショックからか打ちひしがれる織原に向かって、当麻は困ったように笑ってみせるだけだった。

『え？』

ベッドの端に腰かけたまま動けなくなっていた織原の隣に腰を下ろすと、両手を伸ばして抱きしめてくる。

それも、思いがけない強さでだ。

『当麻？』

「俺は困るよ。少なくとも、お前って存在がなくなったら困るし、悲しいし、そんなことそもそも考えられない」

当麻は、いったい何が織原をこんなに追い詰めているのか、わかっていない。

想像できたとしても、勤め先でよほどの何かがあった、それも志半ばで逃げ出したくなるような何かが――その程度だろう。

だが、だからこそ、当麻は勤め先のことには一切触れず、自分の気持ちだけをぶつけてきたのかもしれない。

「俺には、お前が必要だ。たとえお前が医者であっても、なくても、そんなのは関係ない。織原忍っていう存在そのものが、俺にとっては必要だし、支えなんだ」

いっそう強く抱きしめてくると、織原が聞いたこともないほど艶っぽい声で、それでいて力強い口調で、一つの思いを告白してきた。

「ずっと好きだった。こんな感情、持っちゃいけないって、どこかでストップかけてきたけど。離れてみて、やっぱりお前が好きなんだって、欲しいんだってわかった」

これがただの好きじゃないことは、織原にもすぐわかった。

これまで友情から言われてきた好きとはまったく別の好き、愛欲からなる好きだ。

「がむしゃらに頑張ってきた気持ちの中は、お前に認められたいって気持ちばかりだった。頑張ったら、結果を出したら、どこの誰よりお前の中で、俺の存在が大きくなるかもしれない。絶対的なものになるかもしれない。そんな下心とも野望とも言えるものばかりだ」

織原は、あまりの驚きから瞬きさえ忘れて、息が詰まった。

こんなに強く抱きしめられたことは一度もない。

抱きしめたことだって一度もない。

「お前が自分に対して、何をどう思っても、俺にはお前が必要だ。いや、お前だけが必要なんだ」

だが、今の自分は身も心も凍えきっていた。

再会後、最初にそう気づかせてくれた当麻からの抱擁に、織原は不思議なほど嫌悪を感じなかった。

それどころか、今にも壊れそうだと自覚があっただけに、どうせ壊れるなら当麻の手で、当麻の思いで壊されるほうが、どれほどいいかとさえ感じられてきて――。

「だから、どうせ俺なんかいてもいなくてもって思うぐらいなら、俺にくれ。俺にとっては、お前はかけがえのない存在だ。永遠に欲しい、手に入れたら放さない存在なんだから」

織原は、きつくなるばかりの抱擁を、当麻を、拒絶することはなかった。

「――――」

それどころか、ゆっくりと顔を近づけられて、唇を寄せられても受け入れた。

「織原」

「ん…っ」

当麻は唇に唇を重ねてきた。

「好きだ、織原」

織原が何の抵抗も見せずにいると、そのまま身体を押して、覆い被さってくる。

合わせられた唇を貪《むさぼ》られ、歯列を割られ、ようやく織原は〝セックス〟という行為を意識した。

『っ…っ、これって』

何もかもが突然で、当麻の行動も衝動的としか思えなかったが、どうしてか中断させようという気も起こらない。

「────お前が、好きだ」

今だけかもしれないが、織原は自分の必要を訴えられたことが嬉しかった。

その喜びに適うだけの感情が湧いてこなくて、衣類に手をかける当麻にすべてを任せた。

自分のすべてを預けてしまった。


いまだに抜けない酒のせいにしてしまおうか？

それとも自分でも気づかないまま陥っていた孤独感のせい？

「あ…っ、ん」

織原は、自分でも驚くほど、当麻からの行為を受け入れていた。

同じ生殖機能を持った者同士だというのに、不思議なぐらい抵抗もない。

「織原…」

極寒の中に置かれれば、生きるために理性よりも本能が先に暖を求める。

追い詰められていれば追い詰められているほど、迫りくる危機感で何も考えられなくなってしまう。

これは、そんなときに起こる条件反射と大差がないのかもしれない。

それほど今の織原にとって、飲みすぎて火照《ほて》った身体は心地よかった。

自分をすっぽりと包み込んでしまう逞しい当麻の腕も胸も、全身から感じる肌の感触も温もりも、すべてが安堵に導いた。

「ん…っ、い…」

ちゃんと意識はあるのに、思考がふわふわとしていて、一秒ごとに送り込まれてくる快感にも従順だった。

「いい…か？　ここ」

「ん…。くすぐったいけど、いい…よ」

当麻からの愛撫は、気持ちがよかった。

丁寧《ていねい》で優しくて、肉体だけではなく心にも快感をくれる。

「なら、ここは？」

「───馬鹿っ」

この現実離れしたひとときを、拒否する理由が見つからない。

織原が当麻を受け入れているのは、そんな理由もあるのかもしれない。

「んっ…っ。お前、どれだけキス魔なんだよ」

「さあな。自然としちゃうんだから、仕方ないだろう」

時計の長針が半分も進まないうちに、いったい何度キスをされただろう？

唇だけでも十数回？

頬に、こめかみに、首筋に、鎖骨に――――。

身体中に受けたキスまで合わせたら、百回でも利かないかもしれない。当麻はそれぐらいキスをしてきた。

「んっ」

「だって、こんなふうに反応する織原を見たら、もっと…、もっとって、思う」

織原の衣類を剝がし、その肌が現れるたびに唇を落とす。

ときには舌を這わせて舐め上げる。

「織原の声が、溜息が、たまらなくて…。もっと聞きたいから、ついね」

「ああっ、だからって。そこは――――っん」

織原はそのたびにくすぐったくて、声を漏らした。

そんな自分の声が恥ずかしくて、いやらしくて、興奮もした。

「悪いわけがないよな？」

そうして徐々に上から下へと流れた唇がたどり着いたのは、淡い茂みで覆われた織原自身だった。

当麻は半ばまで勃ち上がったそれを利き手で扱《しご》くと、むき出した先端に軽くキスをしてから舌を這わせてきた。

「ぁっんんっ、それは、そうだけど…っ」

こんなところにこんなことをされるなんて信じられない。それも当麻に――――。

しかし、そんなことを考える間も、くびれた部分から窄《すぼ》みに向かって濡れた舌が行き来した。

織原がぴくぴくと身体を震わせるたびに、当麻はきつく吸ったり歯を立てたり、ほどよい刺激を与えてくる。

「んんっ、ぁっ――――っ」

湧き起こる愉悦に堪えきれず、すぐに織原は絶頂を迎えた。

当麻に愛された自身から白濁を撒き、彼の手や唇、頬にまで飛ばして、息を荒くする。

「はぁっ…っ。はぁっ」

「かなり溜まってたみたいだな。少しはすっきりしたか?」

当麻に聞かれて、恥も外聞もなく「ああ」と答えた。

そういえば、自慰さえしなくなって、どれほど経っていただろうか。こんな快感が自分の中にあることさえ、織原は忘れていた。

大げさなようだが、生き返ったと思った。

『――――ということは、俺はすでに死んでいたのか。雑務とレポートで圧死させられて』

血が、肉が、どこからともなく熱く滾《たぎ》ってくる。

これがたとえいっときの性行為、性衝動からの興奮だったとしても、織原にとっては自身の中に〝生〟を実感できたことが嬉しかった。

知らず知らずのうちに失われていたものが、ほんの一握りでも戻ってきた気がしたのだ。

『どうりで覇気も何もないわけだ。いつ死んだのかも気づいていなかった。我ながら傑作だ』

同じ疲労感でも、殺伐とした虚しさはない。倦怠感も起こらない。

それどころか、生きている自分が実感できる。悦ばしいほどの力が湧いてきた。

「お前も…、いけよ」

「いいのか?」

これだけで、織原はからかうように笑った当麻に感謝ができた。

何か、返さなければと思った。

「今更悪いなんて言うはずがないだろう」

同じ構造の肉体だ。いいと感じるところに、違いはない。

織原は額に浮かんだ汗を拭うと、その手を当麻の下肢へ伸ばしながら、身を起こそうとした。

「俺は、お前のものだし――――?」

だが、当麻は織原が起き上がることを許さなかった。

「なら、遠慮はしないぞ。俺は、お前でいきたい」

身体を重ねてのしかかってくると、濡れそぼった利き手を陰部の奥へ差し込み、更に陰嚢の奥をまさぐってくる。

「んっ、当麻」

硬く締まった花弁をこじ開けられて、織原は切なげに声を漏らした。

濡れた指先が体内に入ってくる。

「ぁぁっ――――っ」

入り口からすぐのところに、男を女に変えてしまうほどの弱みがあることは、織原も知っていた。

前立腺と呼ばれる部分を弄《いじ》られれば、男はその気などなくても勃起し、射精する。

精子を採取するための医療行為として、実際あるぐらいだ。

おかげで織原の二度目の絶頂は、予期せぬ一瞬にやってきた。

「はぁっ、何するんだよ…、もっ」

怒っていいのか、恥ずかしがっていいのか、織原は顔を真っ赤にした。

意識もしていないのに、当麻の指を捕らえた肉壁が勝手に収縮している。

自分でもはっきりとわかるほど、ビクビクと震えながら、当麻の指を締めつける。

まるで味わっているかのようで、織原はそこにばかり意識がいった。

「中には出さないから」

当麻は差し込んだ指で、織原のここにも極上な快感があることを教えてくると、その後はほぐれるまで待てないと、指を引き抜いた。

織原の片脚を軽く持ち上げ、現れた窄みに漲《みなぎ》る先端を向けた。

「そんなことまで…、気を遣わなくてもいいのに」

反射的に身体が強張ったときには、先端部分が入り込む。

織原の肉体に大きな圧迫感と激痛が同時に起こって、二人の身体を繋げていく。

「ぁっ…」

生々しすぎる異物感に、思わず織原が声を漏らした。

自然と身体が力み、苦痛から貌が歪む。

しかし、それがかえって艶めかしい。当麻の欲望をかき立て、後戻りが利かないところまで追いやっていく。

「お前が大事だからだよ」

一度中まで入ってしまうと、当麻の動きは激しくなった。

「お前の身体も、健康も、すべてが大事だから、ただ――それだけだよ」

「はぁっ‼　あぁっ」

ここまでは織原を優先したが、我慢も限界だったのだろう。当麻は織原の肉体を貪るように、抽挿を繰り返した。

『熱い…。身体が二つに裂けそうだ』

「織原…っ」

奥歯を食いしばって耐える織原の唇まで奪うと、その後は口内と下肢の双方から食い尽くしていく。

『なのに、それなのに…。痛くて熱くてたまらないのに。こんな痛みさえ、生きていることの証《あかし》に思える』

呼吸さえままならないほど口づけられて、織原が当麻にしがみつく。

過去に味わったことのない激痛も息苦しさも、すべては〝生〟を実感する証。

織原は当麻の動きが激しくなればなるほど、本来の自分を取り戻せるような気がした。

『まだ俺は死んでない。生きている限り闘える。夢も希望も捨てる必要はない。そんな気持ちにさせられる』

涸れ果てた砂漠に水を撒かれたようだった。

織原はいつしか、貪欲なまでに快感を求めた。

「当麻っ…んっ」

それを与えてくれる当麻を求めて、自らも肉体をくねらせる。

「もっと、来ていい。もっと」

たとえ明日起き上がれなくなったとしても、織原は満足のできる疲労感が欲しかった。

自ら望んで成し遂げた――――そんな充実感が得たいがために、当麻を求め続けた。

4

翌朝、織原は達成感にも似た心地よい疲労感から目を覚ました。

『もう、朝か。過ぎてしまえば、あっという間の一夜だな』

昨夜自分と当麻の間で何が起こったのか、残酷なぐらい記憶は鮮明だった。

全身で感じるけだるさ、特に下肢に残る鈍痛の理由は、失笑してしまうほど覚えている。

昨夜は、まるで理性をなくした獣のようだった。それも繁殖期並みの獣だ。

実際の獣と違っているとしたら、それは行為に没頭した理由だろう。

あれは、自分の命を次の世代へ残そうという種族保存のための本能ではない。今ある命を維持しよう、どうにかもっと生かそうというための危機回避、いや命ある者の原点とも呼べる〝生への執着〟が生んだ本能的行為だった。

そうでなければ友人と、恋愛も性欲も意識したことのない相手と、あれほど熱く激しい時間は共有できない。

昨夜織原は、当麻から精気を貰って蘇《よみがえ》ったと思った。

そう考えると獣以上に魔物の域かもしれない。

ただ、知らず知らずのうちに屍《しかばね》となりかけていた織原に、当麻から注ぎ込まれたものは決してその場限りの性欲ではない。

愛欲という名の労《いたわ》りであり優しさ、そして積もりに積もった激情だ。

『とっ……！　当麻』

しかし、それがわかっていたためか、織原は改めて当麻の寝顔を見るとドキッとした。よもや自分が男の腕枕で目を覚ます日が来るとは思っていなかった分、衝撃も大きい。心臓が破れそうなほど、鼓動が激しくなってきた。

『や、やっぱり…。それでも酔った上の大胆行動だったことは否めないな』

すべてを酒のせいにするつもりはないが、勢いと力は借りたなと思った。

完全に素面《しらふ》となった現状で、昨夜と同じことができるかと聞かれたら、できるとは思えない。

それほど恥ずかしさの度合いが違う。

やはり酒は偉大だ。羞恥心を飛ばす力もあれば、理性を抑えて本能をむき出しにする力も持っている。それを織原はこの年にして実感した。

『太陽に目が向けられない。親の顔が見られない。やましいっていうか、なんていうか――こんな感じのことを言うのか？』

今の気持ちを「後悔」と呼ぶのかどうかはわからなかった。

ただ、次第に織原の頬は熱く、赤くなってきた。緊張感まで起こって、かえって身動き一つできないまま当麻の寝顔を眺めてしまう。

これは友人を見つめる目ではない。

明らかに肉体関係を持ってしまった相手を見る目であり、意識だ。

それがわかるだけに、織原の戸惑いは大きくなっていく。

当麻と寝たという現実が、激しく高鳴る鼓動さえ鷲掴みにして止めてしまいそうだ。

『それにしたって、なぁ…』

すっきりと締まった男の寝顔は、嘘のように爽やかで満足そうだった。

理由は違えど、当麻は当麻で達成感があったのだろう。

あまりに医師への道に没頭しすぎて、恋に恋することもなければ、夢うつつになったことさえなかった織原には、当麻が得ただろう至福はわからない。

だが、当麻が織原に見せているのは、黒河という特別なオーベンを手に入れた喜びにも勝るとも劣らない寝顔だ。

むしろ昨夜の同窓会で見たときよりもだいぶ甘めで、今にもとろけそうだ。

織原のほうが照れくさくなってくる。ほとんど行きかがりでセックスしただけだというのに、そんなに嬉しいものなのか、いっそ本人を起こして聞いてみたいぐらいだ。

『いったい、いつから俺を？』

織原が当麻と再会したのは、卒業以来今日が初めてだった。

昨夜の言い分を聞く限り、学生時代の頃から好きだったらしいが、どの辺りからそうだったのか、まったく見当がつかない。

それほど当麻の言動は変わることがなかった。

『出会った頃？　二年目ぐらい？　それとも卒業近く？』

大学時代の六年を振り返るも、思い当たる節がない。

織原から溜息が漏れる。

『駄目だ。やっぱりわからない。それぐらい当麻は俺に対して友人であり理解者に徹していた。そもそも俺が、口説いてくる連中から逃げるようにして当麻にくっついていたことも、言わないだけで気づいてたのかもしれない。むしろ、そういう奴だから、俺は昨夜――?』

それでも、どんなに溜息が漏れたところで、織原は当麻に嫌悪は感じていなかった。

こうして腕枕をされて、抱かれている今でさえ、鼓動が激しくなったのは嫌悪からは離れた感情のためだ。好きか嫌いかという極論なら、好きだからだろう。

『いや、それはさすがにないか。取ってつけたような綺麗事だ。単に後付けで現実に着色しようとしているだけだ。俺が当麻とこうなったのは――』

もっとも、だからこの好きが恋なのかと聞かれれば、それはノーだ。

愛かと聞かれても、首を傾げる。だから織原は途方に暮れた。当麻が目覚めたら、自分はどんなふうに接すればいいのだろうか? と。

「おはよう」

すると、当麻は瞼を開くより先に、唇を開いた。

「!」

びくりとした織原の心情を察するかのように、ゆっくりと瞼を開いて視線を向けてくる。

「ごめん。余計に悩みというか、心労を増やす羽目になったな。弱ってるところにつけ込んで、一方的に思いを遂げるなんて最低だって罵《ののし》っていいぞ。それとも殴ってみるか？　何をされても言われても、俺は――」

突然謝るなんて、当麻は後悔しているのだろうか？

織原は身体を起こしながら、視線を外した。

急に背筋が寒くなって、身体中に響く鼓動の意味さえ変わってしまう。

「よせよ。今なって謝るなよ。こうなったのはお前のせいじゃない。俺が酔って、変な弱音を吐いたからだし、実際いろいろあって鬱憤も溜まってたから。むしろ、謝るなら俺のほうだ。ごめん」

「織原」

行きがかりと衝動で性交に及んだようなものなのだから、冷静になれば気まずさが生じても不思議はない。

本来なら起きてすぐにしなければいけない覚悟だっただろうに、織原は戸惑ううちに当麻の顔が見られなくなった。

せっかく覇気を取り戻したと感じたのに、これではすべてが水の泡だ。

自分が屍に戻るだけではなく、当麻の思いさえ無駄にしかない。

「――ここで俺が謝ったら、かえって失礼か」

それではいけないと、織原はどうにか視線を当麻に戻した。

さぞ情けない顔をしている、弱々しい目をしているだろうが、それでも背けたままよりはいいはずだ。賢明に笑ってみせる。

するると、まるで合わせたように当麻も笑ってきた。

「そうだな。失礼かどうかはわからないけど、ショックはショックだ。俺はお前が好きだ。お前が昨夜、どんな気持ちで俺とこうなったのかは別として、俺自身はお前のことが好きなんだから、あからさまに行きがかりで流されましたって言われたら、凹むしかない」

苦々しい顔を見せるのかと思えば、そうではない。

当麻はゆっくり身体を起こしながら、かなりリラックスして微笑んできた。

「せめて、お前だから許したんだぐらい言ってもらわなかったら、今度は俺のほうが立ち直りも利かない」

「当麻」

織原の身体に暖が戻る。

一秒ごとに寒くなったり、温かくなったりする。

人間の感情とは摩訶不思議なものだ。医学だけでは、学びきれないものがある。

「――まあ、勝手に盛ってよく言うよって話だろうけど。でも、俺の気持ちに偽りはない。俺はお前が好きだ。どうしようもないほど愛してたんだって、昨夜は気づいた。だから口にしたし、行動にも起こした。今は断頭台に立った気分だけどな」

しかも、改まって告白されると、嬉しさと苦しさが混合した。

当麻に昨夜のことで後悔がないとわかって、織原は確かにホッとしていた。それどころか、好きだ、愛していると言われて悪い気もしない。昨夜の言葉が事実だった、自分はちゃんと当麻に必要とされているのだと実感できて、それはとても嬉しい。心強くもある。

ただ、これが当麻と同じ気持ちではないから、胸が痛い。罪悪感さえ込み上げてくる。

「そっか…。けど、今の気持ちを正直に言うなら、俺がお前を友情以外で好きなのかどうかはわからない。こんなことになるなんて、考えたことがなかったから」

こんなときにどう言いつくろえばいいのか、それさえ織原には判断がつかない。

自分でもどうしたいのか、はっきりしない。

「それこそ、相手がお前だからこうなったのか、別の人間でもそうだったのか、こればかりは自分でもよくわからなくて…。お前が喜ぶような台詞《せりふ》が出てこなくて、申し訳ない気持ちでいっぱいだ」

織原は嘘偽りのない、ありのままの気持ちを口にすることしかできなかった。

「ただ、お前の無茶のおかげで、かなり立ち直った。これは確かだ」

「立ち直った?」

すると、当麻はパチパチと瞬きをしたのちに大きく両目を見開いた。

織原の今の気持ちを知り、かなり驚いたようだ。

「ああ。柄にもなく、そうとう仕事で行き詰まったみたいで…。昨夜、吐露して初めて気づいたんだ。自分が思う以上に投げやりになっていたこと。仕事どころか、下手したら人生まで丸投げってところまで来てたんだなって…」

きっとどんな感情よりも、呆れが先立ち驚いたのだろうと織原は思った。

自分でも、なんて勝手でわがままな話なんだと思うぐらいだ。それが当然だと。

「でも、お前に必要だって言われて。たとえ医者じゃない、ただの俺でも必要なんだって言われて、すごく嬉しかった。なんか、こう。うまく説明できないんだけど、それだけで救われた気持ちになって、それ以外のことがまったく気にならなくなった」

しかし、何をどう思われても、織原は最後まで伝えることが義務だと感じていた。

これはこれで誠意だった。

「それどころか俺、まだ生きてたんだなって実感もできた。今朝の目覚めもここ一番だし。だから、お前には感謝してる。たぶん、好きとか嫌いとかそういうレベルじゃない。変なたとえだけど、遭難していたところを救助された。荒療治を受けて、意識を取り戻した。そんな感じかもしれない」

当麻に対して恋心から「好きだ」とは言えない。「愛している」という感覚もない。

それなのに、こんなことになってしまってという申し訳なさから、反省をしている。

だが、それ以上に感謝もしているんだと声に出すことで、織原は当麻に対して、精一杯の気持ちを見せたのだった。

「そうか。わかった。なら、このまま付き合っても問題ないな」

しかし、場合によっては誠実すぎるのも考えものなのだと織原が知ったのは、このときが初めてだった。

爽やかな笑顔で「問題ない」と言われて、「は？」と間の抜けた声を漏らす。

いったいどこから「このまま付き合う」という発想が出てくるのか、織原には謎すぎた。

どう聞いても、当麻が発したこの「付き合う」は、これまでどおりの付き合いではないだろう。

友人関係どころか、ここまでのやりとりそのものからさえ逸脱した話だ。

自分がこのまま当麻と付き合う？

友人としてではなく、恋人として？

そんなのどう考えたって、大問題じゃないか！　と。

「織原と俺は現段階では同じ気持ちじゃない。それはよくわかってる。けど、お互いがお互いを必要としている。これは確かだと思うんだ」

だが、唖然とする織原を気にすることなく、当麻は意見を述べてきた。

あまりに淡々とした口調のためか、口説かれている気がしない。

「だってお前はさ――、俺が起こした無茶な行動に感謝できるほど、職場で行き詰まってたんだろう？　今後どうなるかわからないけど、少なくとも現状を打破して改善するまでは、適度に吐露して息抜きするっていうか、気分転換できる相手がいても悪くない気がするんだ」

しかも、話が昨夜の発端にいくと、織原は恐縮さえしてしまって、口を挟むことさえできなくなった。

それなのに、織原の視線はときおり当麻の肩や胸に行ってしまい、動揺まで生んだ。

やはりこれまでとは意識が違う。自然に意識する部分からして違ってきている。

どうしよう。どうしたらいいんだ？

そんなことが頭によぎった矢先に、突然当麻が手を握ってきたものだから、織原は全身を震わせた。

「職場のことだけに、口にするのも躊躇われる内容だっていうなら、そのときは肉欲だけに走ってもいい。それで気を紛らわしてもいいじゃないか。これはこれで自分をコントロールする手段の一つと割り切って」

一瞬、その手を振り解こうと試みたが、しっかり握り締められて放せない。

動揺だけが大きくなっていく。

「俺は、どんな形であっても、お前の支えになりたいし、お前から必要とされたい。むしろ恋とか愛とかより、お前の生存本能から望まれる人間になれるなら、こんなに光栄なことはない。けど、こんなことを言ってる俺にだって、危ういところがたくさんあるんだよ。不安もプレッシャーも、これまで覚えがないほど感じてるところが」

だが、織原がどんな態度を見せようが、当麻は目を逸らすことがなかった。

自分にとっても織原が必要なんだと訴え、理解を求めることに徹していた。

「今はまだ喜びが勝ってるとは思う。けど、ふとしたときに現れる言いようもない孤独というか、敗北感っていうか…。とにかく、こんなんでやっていけるのかって気持ちが起こって、そういうときには必ずお前のことを思い出した。おそらくこれからも、それは同じだと思う」

そうして、昨夜は誰にも語られることのなかった本心が、織原にのみ明かされる。

その言葉の中には、好きだという思い以上に、実は当麻の行動の引き金になったのではないかと考えられる感情も含まれていた。

『孤独と敗北』

織原とはあまりに正反対な状況からたどり着いたものだろうが、それでも追いやられた場所は変わらない。

当麻は当麻で追い詰められている。どこかに救いを求めているのだ。

「だから――――」

当麻は織原を欲しがった。

今は恋とか愛じゃなくてもいい。互いを支え合うためのパートナーとしてでもいいから、受け入れてほしい。お前の心の傍に、俺を置いてほしいと切願してきた。

「当麻…」

織原は、結局しばらく考えてから「わかった」と答えた。

「お互い、心の拠り所ってことなら」

これから当麻と改めて付き合っていくことを了解した。

「織原…」

何が何でも嫌だと言って断る理由がなかったからだが、それでも当麻は心から喜んでいた。

そんな当麻を見ると、織原は自分が彼の助けになっている、ちゃんと必要とされ、支えになっていると思えてホッとした。

だが、この安堵は今の織原には、かけがえのない力だ。

生きている証だ。

『間違ってないよな？　いいんだよな？　これで』

その後はお互いが出勤時間を気にしたこともあり、交代でシャワーを浴びてから、一夜を共にした部屋をあとにした。

「じゃあ」

「また」

朝日の中、スーツをきちんと着込んだ二人が、爽やかな笑顔でホテルのエントランスで別れた。

誰が見ても親しい間柄だとはわかるが、恋人同士には見えない。

それほど二人が迎えた初めての朝は、穏やかで明るくて、清々しいものだった。

『お互い大人だし、都合のいい部分だけ頼り合っても罰は当たらない多忙さだ。ときに肉体を求め合うことがあっても、仕事に支障が出るよりは――――。結局、これまでの友情にセフレな関係が加わったってことか？』

それでも、織原は当麻と別れて独身寮へ戻ると、病院へ向かう支度をしながら、その顔に影を落とした。

『いや、そうじゃない。当麻があえて〝今は〟って言ったのは、今後の成り行き次第では、関係が変わることを期待すると同時に、覚悟してるってことだ。それがどんなふうになるのかはわからないけど、俺の気持ち次第では…って』

昨夜から今朝のことが嘘のようだとは思わないが、やはり現実のものとも感じ難い。せっかく取り戻したかのように思えた覇気や意欲が、病院へ行く時間が近づくにつれて減ってくる。

まるで不登校児のようだと苦笑してしまう。

『なんにしたって、当面の問題は仕事のほうだけどさ』

だが、それでも織原は大きく深呼吸をすると、これまでとは打って変わった力強い足取りで独身寮をあとにした。

きっと今頃は当麻も独身寮を出ているだろう、病院へ向かっているだろうと思い、携帯電話片手にメールを打ち込んだ。

〝行ってらっしゃい。行ってきます〟と――――。

＊＊＊

病院へ出勤後、ロッカーで着替えをすませた織原は天王寺のところへ向かった。

途中、院長の後ろ姿を見つけたので足早に傍へ寄る。

「おはようございます」

「おお。織原くん。昨日はどうだったね？　さぞ盛大だったと思うが」

「はい。おかげ様で、楽しいひとときを過ごさせていただきました。ありがとうございます」

織原が声をかけると、院長はいつもながら満面の笑みだった。

どうして親子なのにこうも違うのか？

そもそも親子だからと言って、同じように考えるからいけないのか？

織原は軽く会釈をしながら、有休をはからってくれた院長に感謝を伝えた。

「それで当麻くんの様子はどうだった？」

すると、院長は興味深げに聞いてきた。

「それはもう、やる気で満ち溢れていました。黒河先生がオーベンについたことで、目が回るような状態みたいですが、それでもあそこでオールラウンドを学べる者は限られています。選ばれた者のみに与えられる勲章のようなものですから」

「確かに。そうか――オールラウンドか。まあ、黒河くんの場合は特殊な環境に生まれ育ったからこそと言ってもいいが、それでもその彼にみっちり扱かれた清水谷くんは、見事に跡を継いでいると聞く。きっと当麻くんも同じように成し遂げるんだろうね」

「はい」

東都の外科医・黒河療治は、もともと医療ボランティアに参加し、紛争の絶えない中東の地域を回っていた両親の許に現地で生まれ、育った男だった。

しかも、幼い頃に野戦病院に受けた誤爆が元で両親を亡くし、その後は父親の恩師でもあった和泉院長の保護を受けて、東都の学舎に身を置きながら医学の道だけを目指して今に至った不屈の精神の持ち主だ。

若くして発揮した天才ぶりもさることながら、この生い立ちが彼の名を広める手伝いをしたことは言うまでもない。同じ東都の出身とはいえ、天王寺院長ほど上の代になっても諸事情に詳しいのは、それだけ黒河が常に注目されているからだ。

そう考えると、今後は当麻にも自然と周囲の目が集まるだろう。同級生や上下の学年のみならず、こうしたかなり上の代からも――――。

『なんて、俺が軽く答えてる場合じゃないよな。ごめん、当麻』

織原は、当麻が漏らしていた「重圧」の意味を、改めて察することができた。

黒河をオーベンに持つ先駆者・清水谷が立派に育っているだけに、比較もされるだろうし、これは本当に大変だ。ここまでくると〝羨ましい〟だけではすまされない。

せめて自分にできることがないか探してしまう。

「なら、君もハーフラウンドぐらいは行ってみるかい？」

「え？」

しかし、そんな心配も他人事ではなくなった。天王寺院長の話が突然切り替わった。

「もちろん、心臓外科の専門を目指すなら、寄り道はしないほうがいい。だが、もしも多少遠回りをしてもという気持ちがあるなら、私も君のオーベンの一人に加わるが、どうだい？」

「それは、本当ですか⁉」

織原にとって驚くばかりの申し出だった。

最初は〝ハーフラウンド〟と冗談交じりに言われてポカンとしてしまったが、天王寺院長がオーベンにつくということは、脳外科の専門研修が受けられるということだ。

ようは、心臓と脳という二大外科を学ぶ気はあるかと訊ねられたのだ。

「結果はわからないが、君をここへ呼んだ私にできることは、チャンスを与えることと、可能性を見いだすことぐらいだ。どんなに設備を整えたところで、当院は人員的に余裕があるわけではない。東都のように、歳月をかけて完成された研修生用のシステムも出来上がってはいない。しかし、これでいいと満足してしまったら、ここまでだ。だから、君にも実験的にどうだい、やってみるかい？　と言っているようなものだがね」

もちろん、それが大きな冒険だということは、織原以上に天王寺院長のほうが承知していた。

一つの臓器の専門医になるだけでも、相当数の術例や研修を積まなければならない。それが心臓と脳となれば、半端な数ではない。日本よりも研修の場が確立されている欧米へ渡ったところで、何年かかるか今の織原には想像ができないほどだ。

「院長…」

しかし、それをわかりきっている天王寺院長がこんな提案をしてきたのは、彼自身が現状に満足をしておらず、当院での進歩と改革をまだまだ望んでおり、織原に多大な期待も寄せているからだろう。

「どうだい？」

「はい。ぜひ、挑戦してみたいです」

織原は、夢のような話に熱くなった。

これで天王寺副院長からしいられている現状を打破できる――――そんな気持ちからではない。

単純に自分という研修医に期待を寄せられたことが嬉しかった。

チャンスや可能性という言葉を直に向けてもらったことで、心身から高揚できたのだ。

「俺に教えてください、院長先生」

ただ、そんな織原の高揚は、実際十分ともたなかった。

「何を寝ぼけたことを言ってるんだ。同窓会で浮かれて、脳梁《のうりよう》が切れたんじゃないのか。いっそお前のほうこそ、院長に頭の中を開いて診てもらったらどうだ」

院長から「なら、副院長の意見も聞かないとね」と言われて、聞いた途端に一刀両断だった。

しかも、脳梁（左右の大脳の情報をやりとりする経路）が切れたとまで言われて、さすがに奥歯を噛み締める。

これは冗談では聞き流せない侮辱だ。

「それとも心臓外科を馬鹿にしているのか。脳外科と兼業できる、そんな甘いものだと考えてるのか。だとしたら、ずいぶん俺も舐められたものだな。お前みたいな半人前以下に」

「っ…、そんなことは！　ただ…」

「院長も院長だ。うちはうちで、東都とは違うだろうに。トップに立つ人間がこんなことでは、先が思いやられる。そろそろ引退を考えてもらわなければ、士気に関わるかもしれないな」

「――――副院長！」

それでも織原は、天王寺の怒りが院長にまで及ぶと、声を大にした。

「すみませんでした。俺が、浅はかでした。なので、そんなことは言わないでください。院長はただ、ここでも冒険をしてみようかとおっしゃっただけです。今後の研修制度のことも見据えた上で…」

謝るしか思いつかず、ひたすら頭を下げた。

「俺は患者の命を使ってする冒険など認めない」

「――――っ」

天王寺は冷ややかな眼差しを向けてくるだけで、とうてい許してくれたようには見えない。

「勝手な夢や妄想を抱くのも大概にしろ。そもそもお前はなんのために外科医を、心臓の専門医を目指してるんだ。単なる解剖好きが高じただけなら、研究室にでも籠ってカエルやマウスを相手にしてろ。いい迷惑だ」

まだまだ彼との師弟関係もまともに築けていないうちに、やはりこんな話をするべきではなかったのだろう。

むしろ、この話をきっかけに、どうしたら天王寺とうまくやっていけるのか、また現場に数多く出られるようになるのかを、院長に相談するべきだったと織原は肩を落としていく。

「ほら、昨夜の急患のＤＶＤだ。今日はもういいから、これを明日までにレポートにしておけ」

「っ、副院長」

それでも天王寺は織原に、手ぶらで帰れとは言わなかった。出て行けとも、もう辞めろとも言わず、デスク上に置かれていた執刀記録のＤＶＤを手に取った。

そして、いつものようにレポート作成だけを言いつけて、プイと顔を逸らす。

「最後にもう一度だけ言っておく。ここは東都じゃない。俺は東都出の人間でもない。一緒に考えるな。わかったか」

「…はい」

改めて言われるまでもなく、わかっていることまで釘を刺されて、蚊の鳴くような声しか出ない。

『坊主憎けりゃ袈裟《けさ》まで憎いってことかな？　俺が嫌われているせいで、東都の人間まで嫌われそうだ』

織原は手にしたDVDを握り締めて、部屋を出る。

「天王寺副院長。織原先生は今日も休みでしたっけ？」

だが、織原が部屋を出たと同時に、中から自分を捜す先輩外科医の声がした。

思わず足が止まる。

「いや、来た早々、寝ぼけたことを言っていたので、寮へ帰した」

「あー。さては昨夜飲みすぎたな。まあ、久しぶりのことですし、彼もまだ若いですから、許してあげてください」

しょうがないなと笑いながらも、さりげなく擁護してくれていた。

その言葉を耳にしただけで、織原は目頭が熱くなってきた。

「それよりなんの用だ」

「あ、はい。実は、昨夜緊急オペをされた戸北《ときた》さんなんですが、かなり落ち着かれたので、一般病棟に移しても大丈夫なんじゃないかと」

「そうか。なら当分君に任せてもいいかな」

「それでしたら織原先生に。あ、今日は私が担当しますが」

しかも、先輩外科医は天王寺に向かって、患者を織原に任せてはどうかと提案してくれた。

これには織原も両目を見開く。

ようやく自分も患者と接することができる！　と。

「いや、彼に患者はまだ預けられない。何かあってからでは遅いし」

「そうですか。わかりました。では、私が」

だが、織原の中に芽生える期待は、ことごとく天王寺の思惑一つで潰されていった。

「すまないが、よろしく頼むよ」

「いえ。それにしても、織原先生はいいですね。本当に大切に育てられていて」

相手が相手だけに、先輩医師も二度、三度は勧めない。それどころか、常にいいように解釈するだけだ。

よほど天王寺に信頼があるのだろうが、だとしても、一人ぐらいは自分の現状に気づいてほしいと思う。

これが大事に育てられている状態なのか？

いくらなんでも、雑用とレポート作成の毎日で、研修と呼んでいいものなのか？　と。

「単に育ちが悪いだけだ」

「え⁉」

しかし、そんな疑問を誰かが感じたところで、天王寺から発せられる一言で片づけられてしまうことに変わりはない。本当に、たった一言だ。

「いや、なんでもない。じゃあ、頼んだぞ」

「はい…」

これで二度とあの先輩が、織原のことで天王寺に何か言うことはないだろう。

松田や院長だったとしても、しばらくは口を噤《つぐ》みそうな内容だ。

『単に育ちが悪いだけか。雑用とレポートばかりで、どうやって育てって言うんだよ』

織原は、手にしたＤＶＤを握り締めながら、足早にその場を立ち去った。

誰もいないロッカールームまで戻ると、一瞬感情に任せて、ＤＶＤを頭上まで振り上げ、床へ叩きつけようとする。が、さすがにそれは思いとどまった。

「――――…っ」

どんな理由があろうと、これは患者とその家族にとっては大切な執刀、命の記録だ。

いつ、どんな形で必要になるかわからないし、カルテと同じほど大切なものだ。

織原は、ＤＶＤを下ろすと、今一度握り締めた。

『いっそ、志望を脳外科に変更して、院長先生の下で研修したほうがいいんだろうか』

どうしたらいいのかと考える。

今のままでいいとは思えない。それは、ずいぶん前から感じている。

〝そもそもお前はなんのために外科医を、心臓の専門医を目指してるんだ。単なる解剖好きが高じただけなら、研究室にでも籠ってカエルやマウスを相手にしてろ〟

だが、どうしたらいいんだろうと考えるたびに、織原は天王寺の罵倒が頭によぎって、躊躇《ちゅうちょ》してきた。

今日もそれは一緒だ。

『いや、そんなことしたら、この上ただの解剖好きにされかねない。俺が心臓外科を目指したのは、一人でも多くの人の命を救いたいからだ。ちょっと都会から離れている、専門医が不足しているという理由だけで、こんなに便利な世の中だっていうのに失われる命があることを知っているからだ』

ただ、これまでと違っていたのは、決して逃げ腰ではなかったこと。立場的に仕方がないのかもしれないと、変に自分をごまかし、納得させようとはしなかったことだった。

〝お母さん！　お母さん!!〟

織原は、小学校に入ったばかりの夏休みに亡くした母親のことを思い出した。

まだまだ若かった母親が、突然帰らぬ人となったのは、旅行先で起こした心筋梗塞のためだった。

〝どうして、どうして病院に来たのに死んじゃったんだよ！　なんで、なんでなんだよ!!〟

自然で溢れた避暑地には、病院自体はあっても心臓外科の専門医がいなかった。

適切な処置をしてもらうためには、大きな町の病院まで搬送する必要があったが、母親はその搬送中に亡くなった。

処置さえ間に合えば、助かっていた。

しかし、現実として母親は助かることなく、織原や家族が見守る中で他界した。

〝心臓外科を馬鹿にしてるのか〟

幼いながらも織原が、漠然と医師を目指すのではなく、心臓外科という専門を目指したのは、これがきっかけだ。

二度と母親のような理由で消えていく命を見たくなかった。そのためだ。

〝脳梁が切れたんじゃないのか〟

だからこそ、専門医の資格を取った暁《あかつき》には、都会を離れて勤めたいと思っていた。

同じ悲劇を起こさないためにも、自分がもっとも役に立てるだろう土地で、一つでも多くの命を救うために、貢献していこうと思っていた。

それなのに――――どうしてこんなところで、立ち往生をしいられるのか？

天王寺に阻まれ、苦い思いばかりをするのか⁉

織原は、あまりの腹立たしさから、ロッカーの扉に拳を打ちつけた。

『ちくしょう‼』

バン！　と、静まり返った室内に響き渡って、織原の憤りを尚更強くする。

「メール？」

と、ロッカーの中から携帯電話の着信音が響いてきた。

「いけない。携帯の電源を切るのを忘れてた」

慌てて鍵を開けると、中にしまい込まれた衣類のポケットから、携帯電話を取り出した。

普段なら、私物の携帯電話は院内に持ち込んだと同時に電源を落とすのに、どうして今日に限ってと思えば、理由はこれだ。

「当麻…」

朝方、別れ際になってから、改めて電話番号とメールアドレスを確認し合った。

すると、お互い何も変わっていなかったのに、卒業してから今日までずっと連絡を取り合っていなかった。その事実に気づいて、思わず苦笑いし合った。

それを思い出していたら、ついつい電源を落とさないまま、衣類のポケットに入れてしまったのだ。

「とりあえず、着替えよう」

織原は、この場で内容を確認したいのを我慢し、まずは病院から出ることにした。

先ほどからの気の重さが嘘のようだった。

今日は特別嫌なことばかり言われたはずなのに、不思議と足取りが軽い。こうなったら、完璧なレポートを仕上げて、目にもの見せてやると言わんばかりの勢いもある。

「お疲れ様でした」

そうして、無人のロッカールームに声をかけてから、病院をあとにした。

外へ出ると同時に確認した当麻からのメールには、

〝調子はどうだ？　その…、足腰、きつくないか？〟

と、冒頭から赤面しそうなことが書いてあった。

「っ、馬鹿っ。なんてこと聞いてくるんだよ。平気だって。そもそも足腰に響くような仕事なんかさせてもらってないし――――は⁉　こっちは黒河先生のセクハラに泣きが入ってる？　え⁉　それってどういう…」

その上、読み進めると泣き言がずらり。それも普段、織原が耳にもしなければ目にもしていなかった〝セクハラ〟の文字まで出てきて、ただただ驚き、困惑した。

「あ、疲労で壊れるとって意味か。そういや、黒河先生の壊れっぷりはすごいって、有名だったっけ」

だが、当麻が困り果てている黒河のセクハラは、子供が手当たり次第にダダをこねるのと大差がない。

疲労の度合いが進むにつれて絡みが酷くなるのは昔から有名な話で、それを思い出すと織原はちょっとだけホッとした。

いくら当麻でも、黒河から本気で迫られたら、躱《かわ》せないんじゃ⁉

そう思ってしまった分、メールを読み進めるうちにドキドキしていたのだ。

もっとも、そんなことでドキドキしたと聞かされた日には、当麻のほうが卒倒しそうだが…。

「あれ、ってことは…、もしかして、天王寺先生も？」

とはいえ、この一見どうでもいいような内容のメールが、織原の気持ちを明るくしたのは確かだった。

「飛び込んでくるのは、今この瞬間にも危ぶまれている命ばかりだ。他科の忙しさ、精神的な負担とはまた違う。うちの心臓外科は、救急救命部の代名詞みたいなものだし」

自然と天王寺を見る目も変わっていった。

「しかも、黒河先生と違って、天王寺副院長は潔癖症で、だらけたところがまるでない。疲れたからって、煩悩丸出しで手当たり次第にちょっかいかけるなんてこともしないからな。ようは、口汚くなるのは、疲れからなんだろうか？　一種のストレス解消？　それとも、こんなに忙しいのに、どうしてお前は役立たずなんだって、俺自身が余計なストレスまで与えているから、こうして現場から追い払われる？」

不思議といえば、不思議な発想の転換だった。

これまで他のオーベンと天王寺を比べたことなどなかったから、気づかなかったのかもしれない。

オーベンといえども、一人の人間だ。決して、完全無欠であるはずがない。

特に天王寺のように、完全無欠と思える人物にこそ、実は大きな落とし穴があるものだ。

それに気づいただけで、心がこんなに軽くなる。

気持ちの持って行き方さえ、うまくコントロールできる。

「それでも、俺はまだレポートを書けと言われている。過去の執刀から現在のものに至るまで、こうした形であっても、天王寺副院長の診断や技術を全部見せてもらっている。そう考えたら、

受信メール
今朝はメールありがとう。
調子はどうだ？
その…、足腰、きつくないか？
昨夜はけっこう無茶させたから…、
あとから心配になって。
仕事のほうは大丈夫だったか？
大丈夫じゃなかったら、ごめんな
大丈夫じゃなかったら、
次は気をつけるから———
いや、あっはははは。
それにしても、こっちは黒河先生の
セクハラに泣きが入ってる。
メニュー
返信

マシなのかもしれない」

織原は、手にした携帯電話をしまうと、六月にしては晴れ上がった空を見上げて、深呼吸をしてみた。

これまでだったら、どれほど暗く重い足取りで帰宅していたかわからないが、今日は明らかに違う。やはり、しっかりと生き返った自覚もあるせいか、本来の回復力が戻っているのかもしれない。

「今は、そう思えるなら、そう思っておくに限る…かな」

織原は、寮に戻ったら、改めて当麻にメールを入れようと思った。

他愛もない内容でも、それが当麻にとっては気晴らしになるかもしれない。

自分がこうして救われているように、当麻にも――――そう思って。

5

相思相愛の恋愛からではない。

互いの立場や仕事を理解し合い、支え合う。

ときには持て余した肉体を重ねてしまうこともあるだろうが、それはそれでよしとする。

今は互いに無理をしない。それを許し合える者同士でいる。

誰が許してくれずとも、互いだけは――――。

そんな〝心の拠り所〟として当麻と付き合い始めた織原だったが、気がつけば当麻の部屋に寝泊まりすることが多くなっていた。

誘ってくるのは決まって当麻。

織原は良くも悪くも無茶な仕事が回ってくることがない上に、毎日天王寺から出されるレポート作成の宿題さえきちんとこなせば、比較的に夜も自由だ。

なので、「今夜会えるか？」と聞かれれば、大概「会えるよ」と答え、ときには宿題持参で当麻の部屋まで通っていた。

これはこれで学生時代にでも戻ったようで、織原としてはかなり気分転換になっていたのだ。

「今日、初めて見学に回された。黒河先生にとっても難しい心臓の手術で、しかもオフポンプ（人工心肺装置なし）で行うものだったから、オペに参加したのは院内でもチーム黒河って呼ばれる選りすぐりのスペシャリストばかりだった」

しかし、当麻からの「会いたい」理由は、日を追うごとに切実なものになっていた。

「第一助手には清水谷先生がついていて、すごい手際のよさだった。見ているだけで、自分の稚拙さが身に沁みた。それに、俺を助手につけてるときの黒河先生とは、人が違って見えて…。ものの見事に凹んだ」

初めは当麻も、行き詰まっていた織原をフォローするつもりでこんな交際を申し込んだだろうに、すっかりそれどころではなくなっている。

今では一方的に愚痴を零す側だ。

「でもそれって、悔しいからだろう？　今は無理でも、いずれ俺もっていう気持ちがあるからだろう？　だったら、今は凹んでもいいじゃないか。ここから五年、十年経ったときに、少なくとも大きく凹むことはなくなる。きっと今痛い思いをしておけば、ゆくゆく負うだろう痛みが軽減されるってことで」

だが、院内では決して弱音を吐くことがないだろう当麻が、自分にだけはこうした愚痴や弱音を吐いてくれることが、織原にとっては喜びだった。

自分が誰かの役に立っているという実感にもなっていて、それが自分自身の抱える憂鬱さえ吹き飛ばしてくれていた。

天王寺からの嫌味や理不尽な叱咤、納得のできない対応は相変わらず日常的にされていたが、それでもこうした時間が週に一度でも二度でも取れることが、織原にとっては救いになっていたのだ。

「――――まったく痛くならないとは言わないんだな」

「だって、仮に五年後のことを考えて、あの黒河先生が今と同じ実力でいてくれるはずがないじゃないか。絶対に五年分成長し続けるぞ。そうなったら、追いかけるほうにとっては、どれだけ距離を縮められるかが勝負だ。けど、追いかけている限り嫉妬はなくならないし、背中を見続ける限り悔しい思いもなくならない。だから、後追いする者の痛みは、小さくなってもなくなることはないだろう」

そうして今夜も、持ちつ持たれつで二人は互いを勇気づけ、励まし合った。

特別広いわけでもない2ＬＤＫのリビングに腰を落ち着けて、酒を用意するでもなく、コーヒー片手に真面目な相談会だ。

「もっとも、黒河先生が和泉副院長を見上げて、悔しがったって話は聞いたことがない。どちらかといえば、いざってときに尻拭いしてくれる上がいると暴走できる、ありがたいが口癖だ。ってことは、考え方一つなんじゃないか？」

「そっか…。そう言われたら、確かにそうだよな。そもそも俺と黒河先生じゃ五年どころか十年は軽く違うのに、見て当たり前っていう背中にキリキリしてたら、きりがないもんな。だったら、今の黒河先生の年になったときに、自分がどれほど近いところまで行けてるか、そっちに照準を合わせるべきだろうしな」

会ったときにはげっそりとしていた当麻の顔に、みるみる安堵や笑みが戻ってくる。

「ありがとう、織原。聞いてもらってよかったよ。なんか、楽になった。焦る必要はないってわかっているのに焦ってるんだなってこともよくわかったし」

「――――なら、よかった」

当麻が笑うと、織原も笑えた。

まるで鏡のようだった。

なんだか口に含んだコーヒーの味さえ変わってきた。

織原は、当麻の部屋で一緒に飲むブラックコーヒーが、以前に比べて甘く感じられるようになってきたのだ。

「で、そっちは平気か？　聞いていいことなら聞くぞ」

そうして自分の話が落ち着くと、当麻は思い出したように聞いてくる。

「そういえば、この前黒河先生とお前に感化されたのか、院長先生が俺に脳外科もやってみないかって言ってきた」

これは瞬時に「なし」となった話だったが、織原はものは試しで口にした。

単純に当麻の反応が見たかったのだ。

「そりゃすごいな。実現したら、脳と心臓の権威が親子揃ってオーベンかよ」

「いや、副院長には怒られた。そんな冒険、うちではできない。心臓外科を甘く見るな。そもそも心臓専門でやっていくつもりがあるのかって…」

「あ、まあ…、普通はそうだよな。うちは黒河先生が突出してるだけで、他はみんな専門の科で一筋だ。黒河先生が何をやらせても専門医レベルにこなせる天才肌だっていうだけで。それでも〝俺にだって得意不得意はある。周りが思うほどなんでもできるわけじゃない〟ってぼやいてるぐらいだから」

するとやはり異例であったことが、当麻の口からも証明された。

どうしても黒河を見て、そして追ってしまうから、理想や希望ばかりが大きくなっていくが、東都内であっても、やはり彼は特別だし、異例な人材だ。

ということは、東都からはまったく離れたところで医学を学んできた天王寺からしたら、院長と織原が企てた冒険話など、ただの無謀と解釈して当然だろう。それが一般的な感性なのだ。

それがわかって、織原も納得ができた。

あれに関しては、やはり院長と自分が調子に乗りすぎた、せめて自分が一人前になってからの話だったと反省もできて、今後は自分も迂闊《うかつ》なことを言わないように気をつけようと思えた。

これだけでも織原は気持ちが楽になった。

それだけではなく、スッキリとした気分で前向きにもなれた。

「黒河先生でもぼやくんだ」

肝心な話が終わると、あとはどこで話を切り上げ、休むかだけだ。

「ああ。まあ、それでもぼやいてるときはまだマシだな。度を超すと…」

「セクハラ?」

「そう。見事だぞ。まったく悪気なく触りまくってくるし、恥ずかしいことでも平気で言ってくる。俺はキャバクラのお姉ちゃんじゃないって叫ぶ寸前だった」

「でも、それって逆に、キャバクラのお姉ちゃんじゃないから、迫ってるんじゃないのか？　実はお前のことが好みだから…とか」

ずっと話していたいが、当麻にも自分にも明日がある。

特に当麻のことを考えると、油断は禁物だ。

問題が解決したなら、一分でも余分に休むことが、彼のためでもあり、彼と接する患者のためだ。

織原が、たとえ間接的にでも、患者ためにできることは、これぐらいだ。

しかし、当の本人はコーヒーカップをテーブルに置き、その手で織原の肩を抱いてきた。

「勘弁してくれよ。どんなに尊敬してても、こればかりは別物だ。黒河先生相手じゃ、攻められても誘い受けされてもお手上げだって。俺がその気になれるのは――」

「んっ…っ」

織原が身じろいだときにはキスをしてきて、その場に押し倒して、のしかかってくる。

「お前しかいない」

「当麻っ」

こんな予感がまったくなかったわけではないが、それでもいざとなると萎縮する。

織原は、見下ろす当麻の熱っぽい眼差しに誘われながらも、すぐには同調できない。

「…嫌か？」

「嫌も何も、もう手が…んっ！」

力尽くでも言葉でも、嫌だと示さなければ、同意と一緒だ。

当麻は織原が動揺するうちに、答えを「イエス」と決めつけ、下肢に利き手を伸ばしてくる。

「なら、このままいいよな？」

器用にズボンの前を開かれ、急所を摑まれる。

いいも悪いも、心より先に身体が反応して、当麻の手中でどんどん欲望が膨らんでいく。

「あんっ。当麻っ」

早く当麻を休ませなければと思うのに、もっと刺激が欲しくなって腰がうずいた。

強く、きつい愛撫が欲しくて、ねだってしまいそうになる。

「いいって言えよ、織原」

こんな事態になってまで、織原には「嫌だ」なんて言えない。

そもそも当麻にしたって、これに関しては承諾など取る気もない。絶対にそうだ。

それなのに、取ってつけたような同意を求めるのは、あとあと不安だからだろうか？

それとも、これが恋の駆け引き？

恋愛はさておきと言いながら、やはり恋人関係に落ち着きたいと願われているのだろうか？

その真意は当麻のみぞ知る。

「織原…。もう、こんなじゃん…。先が、濡れてる。もっと、欲しいだろう？」

「んんっ。強引な…っ」

だが、熱く甘い問いかけと、巧みな手淫に流されて、結局織原は「わかったよ。いいよ」と口にした。

「いいから、早く…」

今は、感じるだけで精一杯だった。

当麻の思惑まで、探したところで見つからない。

「このまま？　それとも、口で？」

「…っ、お前の得意なほうで」

「そうくるか。さすが織原。うんといやらしい台詞を期待したのに、ん…、んっ」

織原に見えてくるのは、目の前に迫る絶頂だけだ。

「あっ…っ。熱い」

覚えたばかりの愉悦は、ほんの短いひとときで、織原を心身から快感の果てへと追いやってくれた。

これは、まだまだ仕事で得ることのできない達成感の代償のようでもある。

「いいか？」

「ん…っ、いい」

その後も熱い口内、舌先、歯列を駆使して愛される。

陰部から頭の先、脚の爪先まで駆け抜ける快感は、織原の本能を呼び起こす。

「そろそろいきそうか？」

「わからない――――でも、早く…っ、お願いっ」

「了解」

織原にとって当麻とのセックスは、真夜中の陸上競技にも似ていた。

走り始めて、全力でゴールする。

何度も何度も繰り返し、ゴールの数だけ、えも言われぬ充実感と達成感を同時に噛み締め、味わっていく。

「んんっ、ぁ…っ、当麻」

「織原…っ。俺も、そろそろ…」

「ん。いいよ、来いよ」

そうして最後には二つの肉体を一つにし、共に駆け上り、共に堕ちる。

「平気か?」

「気にしなくていい…って。どうせ、今更――――ぁあっ!」

短い一夜に得られる幾度もの絶頂感は、織原にとってはかけがえのない達成感だった。

と同時に、明日からまた生き続けるための、貴重な力の源でもあった。

それは織原が当麻と朝を迎えた四度目のことだった。

同窓会の日から、まだ半月も経っていなかった。

『なんか、はめられたって言ったら、はめられた気がしてきたな。そもそも当麻とこんな関係になって、これから他に好きな相手なんかできるんだろうか？　たとえ好きな相手ができたからって、こいつの思いを踏みにじれるのか？　この俺に』

だが、織原は二度目、三度目の朝には予感していた。

犬でも三日飼えば、情が湧く。

命の恩人だとまで感じた相手ならば、気持ちは人魚姫の王子だろう。

しかも、織原は不届きな王子のように、命を助けてくれた相手を別人と間違えるなんてことはない。すべてを承知した上で関係を深めて、心の支えにし合っている。

『できるとは思えない。そしたら俺は、こいつを好きになるしかない？　恋、するしか…、ないんだろうか？』

日を追うごとに意識が変わっていくのは、止められなかった。

目が覚めたときに、当たり前のように横で寝ている男を見て、いつか以前のような友達に戻れるとは思えない。

「なあ、織原。こうやって夜を明かしてみると、寮の自室って自宅と変わらない緊張感があると思わないか？　いつ親に踏み込まれるかわからない恐怖があるっていうか、隣の部屋が気になるっていうかさ」

「へー。そんな経験あるんだ」

なぜなら、昔はこんな台詞にカチンとくることはなかった。

「え？」

「いや、なんでもない。それよりシャワーを浴びてくる。そろそろ寮に戻らないと」

顔を逸らして、ふて腐れるなんてこともなかった。

「ああ」

『もしかして、こうして意識が変わっていって、自然と独占欲が湧いてきて、いつの間にか恋になっていくんだろうか？』

しかも、こんなことを自分から考えることもなくて――。

「織原」

「んっ、なんだよ、こんなところにまで」

バスルームまで追いかけられることが嬉しいなんて、この瞬間まで知らなかった。

「帰したくない」

「は？」

「本当は、帰したくないって思ってる。まだ、一緒にいたいのにって…」

「当麻…っ」

背後から抱き竦められて、ずいぶん甘えたことを言われているのに、「俺も」と同意しそうになるなんて、織原は想像したこともなかった。

「それじゃあ、またな」

「ん」

ましてや、別れ際に名残惜《なごりお》しげに握られた手をつい握り返してしまうなんて、かなりの重傷だ。

これが友情からの行動であるはずがない。

感情であるはずがない。

「織原…」

だが、これには当麻も驚いていた。いくら人目のない早朝とはいえ、独身寮の玄関先だ。それも当麻のほうではない、車で送ってもらったとはいえ織原のほうの寮の玄関先だ。

それだけに、軽く握るだけのつもりがこうなり、当麻自身も照れくさそうだった。

「あ、ごめん」

織原も、急に恥ずかしくなり、手を放す。

だが、今度は逆に放してもらえず、胸がドキドキした。

やはり、好きになるしかない？

恋を自覚していくしかない？

織原は朝から上がった熱にうなされそうだった。

「謝るなよ」

そんな織原に、当麻が軽く唇を押し当てる。

チュッと微かに音が響いて、織原は全身真っ赤になりそうだ。

「サンキュ。じゃ、またな」

ますます名残惜しげに離れていった当麻が愛おしい。

車に乗り込み、彼が走り去ったあとの景色さえ、なんだかいつもと違って見えた。

『ようは、俺に免疫がなさすぎたってことかな。嫌じゃないから好き、キスもセックスも嫌じゃないから恋ってことはないだろうに――』

だが、当麻の車がすっかり見えなくなったときだった。

織原は、背後から強い視線を感じて振り返る。

『え!?』

すると、その視線の主は、こともあろうに天王寺だった。

軽蔑と嫌悪に満ちた眼差しが、容赦のない刃物となって織原の全身に突き刺さる。

『しまった…っ。そういえば副院長は、自宅よりも病院に近いっていう理由だけで、独身寮の一室を仮眠室代わりに利用していたんだった。そうやって救急にも備えて…』

真っ赤に染まった織原の顔が、一気に青ざめた。

天王寺は何も言わずに、そのまま寮の裏手の駐車場へ向かっていったが、織原はしばらくそこから動けなかった。

『どうしよう』

考えたところで、答えが見つかるわけもない。

だが、それでも織原は自身の中で、何度かその言葉を繰り返した。

どうしよう――と。

＊＊＊

悩んだところで、どうにもならないことが起こるのが人生であり、運命だ。

織原はその日、断頭台に上がるつもりで、病院へ向かった。

いつものようにロッカーで着替えて、天王寺のところへ顔を出す。

こんなときに限って、天王寺は副院長室だった。

せめて外科部のデスクルームに、他の医師たちと共にいてくれればと思うのに、ささやかな願いさえ叶わない。

最悪な状態だというのに、二人きりだ。

「おはようございます」

それでも織原は、挨拶をしながら前日に宿題として出されていたレポート用紙の束を差し出した。

やるべきことはやってきた。これに関しては、何か言われる必要はない――――はず。

『…っ。とうとう無視？』

しかし、それは直には受け取ってもらえなかった。

天王寺は「デスクの上に置け」と目線でのみで示してきた。

この段階で織原は、腹を据えた。

何か言われる。もしくは何かされる。

それも、これまでに経験のなかっただろうことを。

するると、案の定天王寺は口を開いた。

「織原。今朝のことだが、このまま黙っていてもお互いのためにならないだろうから、先に言っておく。俺は東都にその手の生徒が多いのは知っていたし、実際卒業後も父のようにまっとうな結婚をする者のほうが少ないってことも、話には聞いてきた。別にお前が誰と、何人と付き合っていたところで不思議はないし、興味もない。俺には一切関係ないことだ。私生活まで指導する気は、さらさらないからな」

織原に向かって、はっきりと言ってきた。

「ただ、気持ち悪いから近づくな。これが俺の本心だ」

「――――」

そうとうなことを言われる覚悟はしてきたが、それでも織原の想像力など、しょせんはお人好しなレベルだった。さすがにこれは言わないだろうと想像した言葉より、天王寺は遥《はる》かにストレートで酷い言い方を平然としてきた。

「さすがにこんな理由で首にできる世の中でもないから、お前がホモでも我慢する。そもそも院長は承知の上だったかもしれないし、馬鹿げた話で院内を騒がせたくはないからな」

まるでばい菌か細菌という目で見られて、織原は奥歯を噛んだ。

しかし、ここまでなら「世間の目なんてこんなものだ」と、自分に言い聞かせることができた。面と向かって「気持ち悪い」と言うような発想そのものは織原にはない。

だが、何も知らずに大学へ上がり、初めて同性から口説かれたときには、遠からず近からずなことを感じたはずだ。

どうして俺に？　どうかしてるんじゃ⁉

個人の趣味は尊重するけど、生憎《あいにく》俺は同調できないな————。

それぐらいなら普通に思ったたし、感じたことだ。

だが、それを口に出すか出さないかは、個々の人間性だろう。

織原には、少なくとも本気で好きだと言ってきた相手に、天王寺のような仕打ちをしたことはない。普通に女性から告白されて断るのと同じように断った。

今は医者になることが先だから、ごめん。

この一点張りだ。

「ふっ。それにしても、実は大したことはないんだな、東都医大も。お前みたいなのに欲情できる男が次世代のエースだなんて、世間を馬鹿にしているとしか思えない。まともな本能や生殖機能も備わっていないほ乳類の分際で、人の命を預かるなんて厚顔無恥もいいところだ」

ましてや、直接付き合いもない相手のことまで悪く言う。

仕事や人間性どころか、人類学的に否定してくるとは、いくらなんでもあんまりだろう。

これだけでも天王寺は、織原にとっての我慢の限界を超えていた。

「それとも自分の男の出世を助けるために、お前が一肌脱いだのか？　寝たのは和泉か、黒河か。どっちも好色そうだからな————さぞ…っ。何をする‼」

それにもかかわらず、次に放った言葉があまりに侮辱的すぎたものだから、織原はとうとう白衣のポケットに忍ばせ続けてきた白い封書を取り出した。

それを天王寺の胸元に叩きつけ、声も荒らげた。

「あなたがどんなに俺を嫌ったところで、それはあなたの自由だ。勝手にどうとでも言えばいい。けど、母校を悪く言うことは許さない。当麻を、和泉副院長を、黒河先生をそんなふうに誹謗中傷することだけは絶対に許さない！　侮辱するのも大概にしろ!!」

「なんだと⁉」

天王寺が手にした封書には、辞職届と書かれていた。

決して辞職願ではない。織原の強くて深い決意が窺《うかが》える。

「あなたは確かに心臓外科の権威かもしれないが、人としては最低だ。いや、平気で人の心をいたぶり、傷つける。医師としてだって、俺から言わせれば最低最悪だ。人を診る前に自分を診たほうがいいんじゃないかと思うぐらいだよ」

織原は、これが最後だとばかりに言いたいことをぶつけると、白衣のボタンに手をかけた。

「この、無能が!!　よくも俺に向かってそんなこと——っ!!」

その場で脱ぐと、天王寺に向かって投げつけた。

「無能でけっこう。どうもお世話になりました。本日限りで辞めさせていただきます」

勢いと言えば勢いだった。

後先のことなど一切考えていない。

むしろ、これほどの勢いがなければ、できないことだった。

「ふざけるな。そんな勝手がまかりとおると思っているのか」

「はい。そもそも俺は、あなたが望むような研修医でもなければ、人間でもなかった。ただ、それだけのことだと思うので」

だが、だからこそ、織原は我慢し続けたのだ。

自分には、外科医になるという夢がある。

いずれは専門医となって都会を離れ、母のような犠牲者を出さないように、一生務めていきたいという希望もある。

それをこんなところで――そう思うからこそ、何を言われても耐えてきた。

また、何もさせてもらえなくても耐えてきたのだ。

『もっと前にこうすればよかったんだ。研修自体に疑問を感じ、天王寺副院長に不信を抱いていたんだから。そうすれば、あんなことまで言われずにすんだ』

それこそ、心までもが痩せ細っていくような失望感を覚えながら。

こんなことが、いったいいつまで続くのかという、出口の見えない絶望感さえ覚えながら。

しかし、たとえ夢や希望が粉砕しても、織原にだって譲れないことはあった。

何を犠牲にしても、絶対に我慢できない、したくないことはあったのだ。

『当麻に、和泉副院長に、黒河先生に、あんなことまで…』

織原は、そのまま副院長室を立ち去ると、ロッカーで着替えて病院をあとにした。

こんなときに自分のデスクもなければ、大した常備品もなかったことは織原にとっては幸運だった。

手荷物一つで退職できる。二年弱とはいえ勤めた職場を、こうもあっさりとあとにできるのだから。

しかも――――。

「これで全部ですか？」

「はい」

「では、お預かりしますので搬送先が決まり次第、ご連絡ください」

「わかりました。よろしくお願いします」

いざとなれば職場のロッカーを空にするのと同じぐらい、寮から引っ越すのも簡単だった。

そもそも寝に帰るだけの１ＬＤＫタイプのマンションに一人暮らしだ。

即日対応の業者を探して依頼を承諾してもらうまでは骨を折ったが、これさえ決まってしまえば荷造りから家具の運び出しまでがわずかな時間で完了した。

辞表を出したその日の夕刻には、綺麗に部屋を空けることができたのだ。

「おっ、織原くん？　いったい何が起こってるんだい？」

「そうだぞ、織原。引っ越しなんて、誰も聞いてないぞ」

さすがに突然のことすぎて、寮に残っていた者たちは右往左往していた。

管理人と非番で待機していたわずか数名とはいえ、全員が部屋から出てきて何事かと問いかけてくる。

「すみません。いきなりのことで。実は俺、病院を辞めたんです。改めてご挨拶はさせていただきますので、今日はこれで――」

思えば天王寺以外の人間からは、親切にされた記憶しかなかった。

院長や松田をはじめ、同僚も看護師たちも常に笑顔で接してくれるし、揉めたことも一度もない。

誰一人織原の心情を察することはなかったが、自分から事情を打ち明けて相談した覚えもないので、これは致し方がない。院長の口利きで入ってきた上に、副院長がオーベンにつくという特別待遇を受けながら、陰で虐《いじ》められたりやっかまれたり、変な因縁をつけられなかっただけ幸せだったのかもしれない。

そう考えれば、天王寺総合病院のスタッフたちはそうとうできているし、職場としてはかなり平和だ。辞めるには実に惜しい。が、今となってはもう遅い。

「は、辞めた⁉」

「え⁉　誰が？　どこを？」

「では、お世話になりました。他の皆さんにも、よろしくお伝えください」

「織原くん⁉」

「織原っっっ」

織原は手短に挨拶を終えると、独身寮をあとにした。

特に行き先は決めていなかったが、まずは最寄り駅を目指して歩いた。

『――さてと。すぐにでも部屋を見つけなきゃ。荷物はしばらく引っ越し屋さんが預かってくれるけど、自分の置き場がないんじゃ話にならないもんな。当麻にしたって、次は何日後に部屋に戻ってくるのかわからないし。とりあえず、ネットカフェにでも籠って部屋探しか？　それとも、二、三日かかると踏んで、ビジネスホテルを取ったほうが安全か？』

六月も後半、すでに日が落ちる時間もだいぶ延びているので、辺りはまだ明るかった。

それ以上に気持ちが晴れ晴れとしているせいか、織原にはまったくと言っていいほど、悲愴感がない。

今夜寝るところも決まっていないというのに、足取りも軽快だ。解放感さえあり、今にもスキップでもしてしまいそうなほどだ。

『さて、どうしよう』

朝方何度となく心に浮かべた「どうしよう」とも、まるで調子が違っていた。

朝の「どうしよう」は途方に暮れるばかりだったが、今のそれには希望があった。

明るい未来さえ感じられて、織原は駅に向かって歩くだけでわくわくした。切符売り場の前に立ち、これからどこを目指そうか悩むことさえ、楽しく思えたのだ。

すると、浮かれた織原に輪をかけるように、上着のポケットの中から携帯電話の着信音と振動が伝わってきた。

『と、ナイスタイミング』

他とは違うメロディ設定がされたそれは、当麻の携帯電話からかかってきたものだ。

「はい。もしもし」

織原はその場で電話に出た。

切符を求める客たちの邪魔にならないよう、少し移動する。

〝織原。お前、今どこにいるんだ？　いきなり病院辞めたって言って、独身寮を出たんだって？　いったい何があったんだよ〟

「どうして、それを」

しかし、そんな織原の足を止めたのは、切羽詰まった当麻の声だった。

〝寮の管理人さんが天王寺院長に連絡をして、そのあとは和泉副院長に、何かこの件に関して知ってそうな友人はいないかって話が回って、俺が呼び出しを食らったんだ。で、もしかして一緒に住む計画でもあったのかって〟

「――――は⁉」

当麻の声は真剣そのもので、とても心配しているのが伝わってくるのに、どこかおかしな話が交ざっている。

織原は思わず間の抜けた声を漏らした。

〝けど、だからって何も病院を辞める必要はないだろうに、どうしたらそんな話になるんだって聞かれて。しかも、同じ病院にいるわけでもなし、このまま知らん顔して同棲でも結婚でもすればいいじゃないかって真顔で言われて、俺は卒倒しかけたぞ〟

「いや、それは…。俺なら、完全に卒倒してると思うけど。だいたい、どこからそんな話が出てくるんだよ？」

――やはり、おかしい。

こんな話をあの和泉副院長がしたのだろうか？

しかし、当麻が嘘をつく必要はない。織原は首を傾げるばかりだ。

すると、当麻が言いにくそうに説明してきた。

〝それはその――ごめん。俺の浮かれ具合と、部屋にお前を連れ込んでたことで、バレバレだったらしい〟

「――さすがは東都だな。それだけで関係を見抜かれるなんて」

〝本当だよ。って、今はそんなのどうでもいいんだよ。みんなお前を心配してるんだぞ。だから聞いてるんだよ、何があったんだって。いったいお前、今どこにいるんだよ〟

一瞬、呆気に取られるも、すぐに話を戻される。

「それは、その…」

織原自身はすっかり浮かれていたが、とにかく周りは大騒ぎになっているのだ。

辞表を出したところで、すべてが終わったと思っていたのは、どうやら織原だけのようだ。

だが、それを改めて説明するには、ここは不向きだ。

それ以上に織原は、今朝の話を誰かにするつもりがなかった。

はっきり言ってしまえば、口にするのも汚らわしかった。それほど天王寺が発した言葉の数々は、織原にとっては記憶から抹消してしまいたい類のものだったのだ。

〝織原、答えろよ〟

しかし、織原がそうも言っていられなくなったのは、電話の向こうから「ちょっと代われ」という声が聞こえてきたからだった。

〝あ、黒河先生〟

『え⁉　黒河先生⁉』

電話の相手が誰になったのかを知ると、織原はますますその場で硬直する。

〝もしもし、俺だ。黒河だ。久しぶりだな、織原。覚えてるか、俺のこと〟

「は、はい！　もちろんです。黒河先生」

目の前にいるわけでもないのに緊張してしまうのは、織原の性格か？

いや、これは絶対的な年功序列を重んじる東都の校風に加え、神の領域にいると言っても過言ではない天才外科医への尊敬のためだろう。

なにせ、どんなに年功序列があってもマドンナ称号を持つ者のほうが絶対優位、たとえ黒河や和泉が相手であっても、本来ならば織原のほうが優先される。自分が彼らに対して、わがままの一つや二つ言える立場にいるんだという自覚がいまだにないだけに、織原の腰は常に低いままだ。

だから余計に愛されると言えばそれまでだが、何にしても気の毒なぐらいオロオロし始めた。

〝そっか。なら、聞かれたことには正直に答えろよ。お前、今どこにいる？　引っ越しって、もう新居か⁉　荷物も入れ終わったってやつか？〟

「え、いえ、あの…。今は、駅前にいます。新居はこれから探すところで、荷物は落ち着き先が決まるまでは、引っ越し業者の預かりで…」

言われるままに答えるも、語尾がしどろもどろだ。

〝なら、すぐに来い。詳しい話はこっちに来てからしよう〟

「へ…!?」

〝いいか、たかが研修医の分際で、俺の一分一秒を無駄にするなんて度胸のあることするんじゃねぇぞ。わかったな〟

「はっ、はい！」

命令されたら従う他なく、二つ返事。その上、それ以上考える余地も与えられないまま通話を切られてしまったら、かけ直してまで「嫌です」とは言えない。

たとえメールという手段があっても、それを当麻経由で黒河になんて、織原には無理だ。

自分が当麻の立場なら、そんな言伝は泣きが入るだけ。それがわかっているのに、できるわけがない。

「って、どうして俺が東都に？　黒河先生から呼び出し？　詳しい話も何も、これに関しては…言えることなんてないのに」

とはいえ、困り果てたことは確かだった。

呼び出しをされたことも、詳しい事情を聞かれるのも、織原にとっては本意じゃない。

実はこうなんですよと告げ口の一つもできるなら、もっと楽になれるだろうに、織原はそれができないがために溜息をついた。

「ああ、どうしよう」

朝からこればかりだが、今の「どうしよう」はまた種類が違った。

ある意味、過去最高の「どうしよう」だった。

一方、そんな織原を黒河と共に待ち受けることとなった当麻といえば――。

「このほうが手っ取り早いだろう」

「黒河先生」

通話の切られた携帯電話を返されると、溜息さえつけないまま、それを握り締めていた。

なぜなら織原に電話をかけた場所が副院長室。傍には黒河どころか、険しい顔つきをした和泉までいたのだ。

「そうだな。理由は本人に聞くのが一番だ。急なことで、天王寺院長たちも心配していることだし」

しかも、この場にはつい今し方、その和泉を訪ねて駆けつけてきた天王寺副院長までいた。

「この度は、うちの織原のことで大変ご迷惑をおかけしまして、申し訳ありません。本当に、私の教育が行き届かなくて…」

当麻は今にも酸欠を起こしそうな一室に身を置くと、彼らと共に織原の到着を待つことになった。

何があっても織原は自分が守る。

そんな決意と共に、固唾を呑みながら――。

天王寺総合病院の独身寮がある最寄り駅は、地下鉄日比谷《ひびや》線の日比谷駅。そして、東都大学医学部付属病院の最寄り駅があるのもまた日比谷線の広尾《ひろお》駅だった。

電車でわずか十分少々の移動しかない上に、東都の付属病院は広尾駅から徒歩数分という立地に建っていた。

これではどんな理由をつけても、織原が到着するまでに三十分とかからない。すぐに来いと言われなくても、すぐに着いてしまう距離しかないのだから、ごまかしようもない。

深い溜息をつきながらも、織原が無駄な抵抗をしなかったのは、それが黒河にならわかっていると思ったからだった。

たとえわかっていなくとも、当麻に聞かれれば、それで終わりだ。

織原は、一気に重くなった足取りで東都病院へ向かった。

こうなったら「一身上の都合」ですべてをまかりとおそう。

そのほうが、変にごまかしたり、嘘をつくよりは簡単だ。

急な引っ越しのために騒ぎになったことは謝罪するにしても、それ以上は個人的なこと。

それでとおすしかないと腹を据えて、黒河のところまで訊ねていった。

まさか副院長室に招かれ、和泉どころか天王寺まで揃っているところに来てしまうとは考えてもいなかったので、織原の動揺と心労はここへ来て一気に強まることになったが――。

『嘘だろう』

静まり返った一室で、織原は息が詰まって仕方がなかった。

退職の理由なら、誰に聞くより天王寺自身が一番知っているはずだ。

それなのに、織原は天王寺からまで「いったいどうしてしまったんだ」と問われて言葉に詰まった。

それをここで言ってもいいのか？

もしくは話が当麻との関係にまで及ぶだけに、織原には絶対本当のことは言えないと踏んだのか？

いずれにしても天王寺は、知らぬ存ぜぬをまかりとおすつもりなのだろう。

織原の退職騒ぎに関してはすべて本人のせい。そう、この場で印象づけようというのが見え見えだったのだ。

『吐き気まで込み上げてきそうだ』

いっときとはいえ解放感を味わっただけに、この反動は大きかった。

ようやく手にした希望が、未来が、どす黒い闇の中に埋没していきそうで。

「いったい何があったのか、話してくれないか？　我々にできることなら最善を尽くす。約束しよう。だから、どうしていきなり病院を辞めるなんて…」

それでも、そんな中にあって、一筋の閃光とも呼べる現実が織原にはまだ残っていた。

織原を呼び出したのは黒河だったが、実際話を聞いてきたのは和泉だった。

突然織原が辞めた病院は、彼にとっては自分が教え子に薦めた勤め先だ。人一倍真相を知りたいと思ったところで、不思議はない。

しかし、真相を訊ねてきた和泉から、おかしな好奇心はまったくといっていいほど感じられなかった。

ただただ織原のことを心配してくれていた。

決して天王寺のように、「お前は私の顔に泥を塗る気か」という憤りも見せなかったし、一切感じさせることもなかった。

これだけでも織原は、自分の選択が正しかったと確信できた。

天王寺の心ない言葉には、自分だけではなく、ここにいる全員が侮辱された。

あれだけは我慢できなかったし、しなくて正解だった。

たとえ微力な一太刀であっても、自分の手で天王寺に浴びせられた。

そう思えることが、織原にとっては支えだった。

病院を辞めて、即日に寮まで引き払ったことに後悔がない事実こそが、唯一の救いであり、また突然落とされたような闇の中に差し込む、一筋の光でもあったのだ。

「それは、その。一身上の都合です。天王寺副院長には、ご理解いただけていたと思っていたのですが…。そうではなかったようなので、このお話に関しては、改めて院長のほうに。なので、ここでは…」

ただ、だからこそ、織原はこの場で真相を明かすことはしなかった。

退職の理由となった経緯や決定打となった侮辱的な言葉の数々、あれを口にすることは最後までしなかった。

「そうか。そう言われてしまうと、無理には聞けないが」

ガンとした織原の姿勢に、折れたのは和泉のほうだった。

言えないには、言えないわけがある。それを察することができない和泉ではない。

とすれば、ここで一度引いたのは、彼の優しさだ。今以上織原を追い詰めないための選択であって、天王寺への気遣いではないだろう。

「織原…」

当麻は、言わなくていいのか？　大丈夫か？　と、今にも言いたげだった。

はっきりとした理由はわからないまでも、織原が職場でそうとう苦しんでいたことだけは知っている。

いっそ言ってしまったほうが楽になれるんじゃないかという気持ちがあったのだろう。

当麻にとって大切なのは、織原自身だ。彼は織原にとって一番いい形や方法しか望んでいない。

それは、ありがたいほど織原にも伝わってくる。

「――――」

そして、織原を呼び出した黒河は終始無言だった。

この場になっても一言も発することがなかった。

この辺りは、全権を和泉に預けているのだろうが、それでも実のところ、織原は黙っている黒河が一番怖かった。

すでに全部見抜かれているのではないか？

死神から預かったとされる彼の両目には、真相が映し出されているのではないか？

そんな気がして、織原は黒河の顔だけは、まともに見ることができなかった。

ちらりと動かした視線を捕らえられるたびに、ツイと逸らして逃げてしまった。

「なら、この話はこれで終わりだな。ここから先の話は病院に帰ってからしよう。院長と君と私で」

『――――!?』

「何、心配はない。いっときの衝動や気の迷いは誰にでもあるものだ。今回のことは、私からも院長に謝罪し、一緒に許しを請おう。それで騒ぎは収まる。荷物もすぐに部屋へ戻せばいいだけだし、何も問題はない」

しかし、それでこの騒ぎが終わったのかといえば、そうではなかった。

織原は天王寺が発した言葉を聞くなり、背筋が凍りつくようだった。

「本当にすみませんでした。お忙しい中、ご迷惑をおかけしました」

まるで、何事もなかったような顔で挨拶をしている男は、自分がいったい何をしたのか、そもそもわかっているのだろうか？

「さ、織原。行くぞ」

笑って何もなかったことにし、また明日からは織原にこれまでどおりの生活をしいるつもりでいるのだろうか?

〝使えないな。大した仕事もしていないくせに〟

〝いっそ苦情処理専門の職員になるか〟

〝患者のためにも、お前は休んでおけ〟

織原の脳裏には、口汚く罵られてきた日々が一気に駆け巡った。

毎日毎日無能の烙印を押され、同じことばかり繰り返しさせられる。そんな、疲労感さえ超えた倦怠感に満ちた日々が手招きを始める。

だが、もうそれだけは嫌だった。

「いえ。病院には自分一人で戻ります。今後のことは院長とだけ話します。どうか、副院長はお気遣いなく」

織原は、この場ではっきり口にした。

今言わなければ、二度と言えない。言わせてもらえない。

そんな強迫観念にさえ駆られてきたのだ。

「何を言ってるんだ。いいから一緒に来い」

しかし、天王寺は聞き入れることなく、高圧的な言動を取り続けた。

一瞬当麻が何かを言いかけ、黒河に止められる。

「嫌です。天王寺副院長とは、二度とご一緒したくありません。もう、俺のことはほっといてください」

「織原。いい加減にしないか。こんなところでわがままも大概にしろ」

天王寺は、とうとう織原の腕を摑むと、力尽くでこの場から連れ去ろうとした。

〝心臓外科を馬鹿にしてるのか〟

〝脳梁が切れたんじゃないのか〟

織原は、これまで言われ続けてきた侮辱の数々を振り切るように、その腕を振り払う。

〝気持ち悪いから近づくな〟

近づくなと言ったのはそっちじゃないかと、叫びたかった。

〝お前みたいなのに欲情できる男が次世代のエースだなんて、世間を馬鹿にしているとしか思えない〟

〝それとも自分の男の出世を助けるために、お前が一肌脱いだのか？　寝たのは和泉か、黒河か。どっちも好色そうだからな〟

自分だけならまだしも、当麻のことまで侮辱した。

それどころか、黒河や和泉のことまで下品極まりない言葉で侮辱し、織原自身にもこれまでにないほどの恥辱を味わわせたのは、そっちじゃないか！　と、声にならない悲鳴が上がり続ける。

「とにかく帰るぞ」

これがまだ昨日、今日だけの話なら、耐えられた。

一ヶ月、三ヶ月でも、我慢できたかもしれない。

〝この、無能が‼〟

しかし、織原にとってこの一年は長すぎた。

どうにもならないところまで我慢し、一度は崩壊しかけたのだ。

「触るな！　俺に触るな…っ。近寄るな…っ」

「織原」

それでも、どうにか今日まで繋ぎ止めてこられたのは、当麻のおかげだ。

自分を支える母校への思い、恩師や先輩たちへの敬愛、そして幼い頃から胸に抱き続けた医学への夢や希望のためだ。

だが、そんな微かな心の支えさえ、天王寺は粉砕した。

こんな男にこれ以上は従えない！

そう思ったからこそ、織原は何もかもを捨てる覚悟で辞表も出した。

その結果、失ったものより、これで解放されたという安堵のほうが大きかった。

これからどうしようと悩むことさえ、初夏の日差しのように輝いていた。

それなのに――――そう感じたところで、織原は限界を超えた。

我慢も何もない。

未来どころか、現在さえも耐えられなくなり、苦痛と悲憤の声を上げた。

「放せ！」

「いい加減にしろと言っているだろう、織原」

しかし、それさえ制圧しようと声を荒らげた天王寺に、形相を露わにしたのは当麻だった。

一度は止めた黒河さえ振りきり、織原の腕を放そうとしない彼の肩を掴むと、力ずくで引き離すと同時に振り飛ばす。

「いい加減にするのはそっちだろう。嫌がってるじゃないか！」

対面も何もかなぐり捨てて、今にも壊れそうな織原を抱きしめる。

「なんだと⁉　貴様、何様のつもりだ。どの面下げて、他院の話に首を突っ込んでるんだ。公私混同も大概にしろ。これだから東都の連中は――――」

しかし、かえって激情した天王寺が怒鳴り声を発すると、織原は当麻の腕の中で両耳を塞いだ。

「もう、もう――――やめろ‼」

叫ぶと同時に膝を折ると、その場にうずくまって震え出す。

「織原？」

「っっ、苦っ」

そうかと思えば、突然呼吸を荒くし、全身を痙攣させるようにして倒れていく。

両耳を塞いだはずの両手が、苦しそうに胸の部分を探って、シャツをきつく掴む。

「織原っ」

「織原！」

まるで心臓発作でも起こしたような織原の姿は、その場にいた者たちの顔色を一瞬で変えさせ

6

突然の胸痛と過呼吸で倒れた織原が当麻たちに経緯を話すこととなったのは、意識が戻ってしばらくしてからだった。

悪夢に苛《さいな》まれるようにしてもがき、足掻《あが》いた闇の中から目覚めたとき、織原が最初に目にしたのは病室の天井。そして、心配そうに自分を覗き込む酒川《さかがわ》という医師だった。

年の頃は黒河より少し上だろうか、とても穏やかな目をした男性だ。

白衣の胸元につけられた身分証には、精神科の文字が綴《つづ》られている。

彼の背後には当麻や和泉、黒河までもが揃っていたのに、織原に話しかけてきたのは酒川だった。

その意味を理解した瞬間、織原の双眸からは堰《せき》を切ったように涙が溢れ出した。

これ以上はどうにもならない。

黙っていたところで、埒《らち》が明かない。

ひたすら医師を目指してきた織原だからこそ、自分に酒川という担当がついた事実やことの重さに、逆らうことはしなかった。

穏やかな声と口調、そして微笑を浮かべる酒川に心を委ねて、そのまま問診を受けた。

「――――わかりました。よく話してくれましたね。これでもう、楽になりますよ。大丈夫。安心してください」

「はい…」

そうしてこの一年に起こってきたこと、日々感じてきた倦怠感、辞表を出すに至ったところまでを話し終えると、織原は力尽きてぐったりとした。

どんなに事実を話しただけとはいえ、今度は告げ口をしたような罪悪感が込み上げてくる。

酒川が言うように、これで楽になれるとは思えない。安心もできない。

一見、すべてを話したことで落ち着いたように見えても、織原自身の動揺も不安感も消えることがない。

高ぶりすぎた精神を休めるには、結局眠りだろうと判断されて、織原は酒川から眠剤を点滴投与されると、今一度瞼を閉じた。

いまだ抜け出すことのできていなかった疲労感から放されて、しばし深い眠りに就いた。

そうして、織原が完全に寝入ってしまうと、終始無言だった黒河がようやく「はぁ」と溜息を漏らした。

「当麻。お前はしばらく織原の傍にいてやれ」

「――はい。あ、しかし」

「相手は病人だ。下手な気遣いは不要だ」

「ありがとうございます。では、そうさせていただきます」

当麻に対してこの場に残るように指示を出すと、あとは酒川に任せて、和泉と共に部屋を出た。

すでに窓の外は真っ暗だった。

院内に点る明かりも限られており、織原が運び込まれた救急病棟も、今夜はいつになく静寂に包まれている。

「とりあえず、私の部屋へ行くか」

「ああ」

廊下では声が響きすぎるため、二人はそのまま副院長室へ向かった。

揃いも揃って妙に足取りが速いのは、それだけ二人も言いたいことがあったのかもしれない。

誰を気にすることもなく話ができる状態になると、和泉が苦笑しながら黒河に言った。

「さあ、いいぞ」

「何が、ストレス性のパニック障害だ。くそったれ!!」

声を荒らげるだけでは怒りが治まらなかったのか、黒河は先ほど天王寺が腰かけていたソファの背もたれを蹴りつけると、感情のままに八つ当たりをした。

「あの野郎っ。涼しい顔して、ふざけたこと抜かしやがって。典型的なモラハラ、パワハラじゃねぇかよ。いい年した大人が、弱い者虐めしやがって。反吐《へど》が出るぜ！」

こんなに悪感情が高ぶるのは、黒河にとっても久しぶりのことだった。

激情型と言えば激情型な彼だが、それでも激情の矛先は大概が愛情か性情だ。

よほどのことがなければ、憎悪や憤怒といった悪意には向くことはない。

しかし、一年もの間織原が天王寺から受けて苦しんできたのは、そもそもの人格や能力を否定され、聞こえよがしに嫌味などを言われるモラルハラスメントだ。

職権上の力を利用し、本来の業務範疇を超えて継続的に人格と尊厳を侵害するような言動を取られ続け、職場での関係を悪化させられたり、雇用そのものに不安を与えられるパワーハラスメントだ。

いずれも陰湿な精神攻撃であり、言葉の暴力だ。

それがわかっているだけに、和泉もソファの破損には目を瞑《つぶ》ったようだった。

ここで少しでも消化させておかなければ、いつ飛び込んでくるかわからない急患が危険だ。

黒河に限って――ではあるが、それでも万全を期すに越したことはない。

和泉は、まずは憤慨する黒河の正常化を図ったようだ。

「和泉。このまま黙ってるなんてことはないよな？　可愛い教え子、こんな目に遭わされて、何もしないなんてことはないよな⁉」

しかし、普段から些細な陰口さえ嫌う黒河にとって、卑劣としか言いようのない天王寺への激怒が、この程度の発散で治まるはずがなかった。

何かしてやらなければ気が治まらない。天王寺にとって、致命的な何かを！

「あ、いっそ倒れた織原の代わりだっていって、俺が天王寺のところへ行くか。さすがに〝使えねぇ〟と〝無能〟は言えねぇだろう。〝気持ち悪い〟は言われるかもしれねぇけどよ！」

「馬鹿を言え。そんなことにお前を使えるほど、うちだって暇じゃない」

すると、憤慨し続ける黒河を相手に、和泉は「まあまあ」と宥めにかかった。

「忙しいとか暇とかって問題じゃねぇだろう。目には目をじゃない。目と歯をだ。善意は二倍、悪意は十倍返しが、あんたの鉄則じゃないのかよ！」

「だったら尚更、お前を行かせたところで、大した仕返しにはならない。もっと適任者がいる」

やけに冷静な態度でいるのが余計に黒河の感情を逆撫でするのだろうが、和泉がなりふり構わず声を荒らげるのは、よほど黒河が何かしたときぐらいだ。

もしくは、これから何かしよう、進退に関わるような無茶をしようとしたときに、全力をもって止めに入るぐらいだ。

「誰だよ。適任って」

「すぐにわかる」

ただ、だからといって和泉がこのまま天王寺に対して、何もしないかといえばそれはない。

どんなに黒河を宥める側に回ったとしても、この手のことに根深いのは和泉のほうが何百倍も上だ。

それが証拠に、和泉はデスクに置かれた院内電話をオンにすると、即行動を起こした。

「――和泉だ。悪いが清水谷と浅香が残っていたら呼んでくれ」

「うわっ。あいつらを行かせるのか!?」

「適材適所だろう」

一瞬にして黒河が引くような復讐劇を開始してみせる。

「鬼だな、あんた」

心底から意地の悪そうな笑みを浮かべる和泉に、黒河の頬が引き攣った。

ここで指名を受けた清水谷と浅香はいずれもチーム黒河の主力メンバーであり、東都大学の卒業生だ。心労から病に倒れた織原の先輩であり、他人を追い詰めることにかけては、誰もが認める最強のタッグだ。

しかも、計算ずくで相手を貶める浅香はまだいい。悪意を自覚した秀才だ。

怖いのは、まったく悪気のないまま相手に致命傷を与え続ける清水谷のほうで、これには黒河だけではなく、和泉にしてもお手上げだ。

決して敵には回したくないタイプの天然キラーなのだ。

「そうだな。こんなことになるなら、鬼のままでいればよかった。下手な仏心など出すんじゃなかったよ」

だが、それでも清水谷と浅香が付属病院の主力メンバーであることは違いない。

二人合わせれば黒河と同等かそれ以上の働きをする。

それにもかかわらず、あえて二人をセットにして送り込もうというのだから、和泉の激憤も並々ならないものがある。多少のリスクを負っても、目にものを見せてやるという意気込みがひしひしと黒河にも伝わってくるほどだ。

「織原を手放したのは私のミスだ。ここで育てていれば、今頃安心してお前の助手につけられた。二年あれば、私がそこまで育てられる」

しかし、和泉をここまでかき立てているのは天王寺ではなく、実は織原のほうだった。

それも彼に秘められていた才能故だ。

これには黒河も驚いた。天才の名をほしいままにする黒河を育てたのは、この和泉だ。

彼の見立てに間違いがないのは、どこの誰より黒河自身が知っている。

「天分とは、そういうものだろう」

それを、こんな形で潰されかけているから、和泉は激憤していた。

たとえ口調や言葉が乱れることがなくても、その憤りの強さは眼差しから伝わってくる。

「学生の頃から彼の病巣を見る目、処理する手先の器用さは、お前に勝るとも劣らないものがあった。だが、それを生かし成長させるには、やはり実践だ。どれだけ多くの患者に接し、病巣と対峙し、術例を積んでいくかに他ならない。それを一年以上もレポート書きだ？　雑用だ？　織原の成長が一年遅れるってことは、それだけ今後救える命が減るってことだ。私が許せないのは、その事実だ」

ただ、これほど怒りに満ちても、その理由はこうだった。

決して一個人の感情や、損得勘定ではない。

「先駆者である私たちが下を育てていくのは誰のためだ？　患者のために他ならない。それをないがしろにする医師など、私は医師とは認めない。たとえ世間や医学界が認める外科医であっても、この東都では認めない。それだけだ」

一つでも多くの命を救いたい。

だからこそ、和泉は自らが若くして教える側に回った医師だった。

和泉

本来ならば東都のエース。まだまだ筆頭外科医であっても不思議ない年齢にもかかわらず、早くからその座を黒河に譲り、後押しに回ってきたのは、後輩たちの育成に力を入れるためだ。

一人でも多くの若手を早期成長させることで慢性的な人員不足に悩む現場を救済し、よりよい環境作りに努めて、受け入れた患者を精一杯診るために他ならない。

「十分だろう。それだけの理由があれば」

黒河は、改めて和泉の信念に触れると、余計に織原のことが悔しくてならなかった。

自分がこれほど悔しいのだ。織原を天王寺へ行かせた和泉自身がどれほどの後悔に駆られ、また怒りに満ちているのか、こうなると想像もつかない。

しかし、そんな二人の会話は、軽快なノックの音と共にいっとき中断された。

外から「失礼します」と声をかけてきたのは、和泉に呼ばれた清水谷と浅香だった。

「ただし、あいつらには〝よくも可愛い後輩虐めたな〟。報復の理由なんて、これだけで十分だけどな」

それは黒河と和泉の口角を思い切りニヤリと上げさせる二人であり、東都が天王寺に対して用意した、報復用の爆弾でもあった。


これまでになく深い眠りに落ちた織原が、再び目を覚ましたのは翌朝のことだった。

病室の窓から差し込む朝日は、すでに初夏のものだ。そろそろ梅雨明けが宣言されるだろう。

織原にとっても長く続いた梅雨の時季が、この際だから一緒に明けてくれないだろうか。

誰もがそんなことを願ってしまう。

特に、一晩中付き添っていた当麻ならなおのこと。

「おはよう、織原」

「…っ。おはよう。当麻」

当麻は織原が目を覚まし、そして普通に挨拶を交わしただけで、心底からホッとしたようだった。

昨夜の状態が状態だっただけに、不安ばかりが募っていたのだろうが、今にも泣きそうな顔をしていたのは当麻のほうだった。どことなしか目が赤い。

天王寺に食ってかかった姿が嘘のようだ。

「そうだ。あのさ。せっかくだから、この際二人で暮らせる新居を探そう。俺も独身寮を出るからさ」

しかし、織原が落ち着きを取り戻しているとわかると、当麻は満面の笑みを浮かべて今後について話し始めた。

「でも。それじゃあ、お前の仕事が」

「全然困らないって。もちろん、部屋が病院に近いとありがたいのは確かだ。でも、そうなるとそこそこいい値段の物件になるだろうから、かえって二人でシェアできるほうがありがたいしな、織原。そうしよう」

現実問題、織原はここを出たら帰る場所がない。

しばらく当麻の部屋にいても問題はないが、引っ越し業者に荷物を預けていることを考えると、早急にどうにかしたほうがいいのは確かだ。

だったらこの際という話なのだろうが、それにしても唐突だった。

しかも、織原の唐突な言動は大概衝動的だが、当麻のこれは計画的だ。

おそらく不安ながらも昨夜のうちに考えたのだろうが、こういうちゃっかりしたところは織原にはない要素だ。羨ましくもある、当麻の魅力の一つだ。

「けど、こんな半病人みたいな俺が一緒じゃ…」

ただ、こんな申し出が嬉しい反面、織原は二つ返事で了解することができなかった。

昨夜のような発作的な言動や病状が、今後も出るのか出ないのかがわからない。

これを理由に、天王寺から完全に離れることは可能だろうが、それですべてが丸く収まるのかというと、そうとは限らない。

織原は、よもや自分が昨夜のような発作を起こすとは思っていなかっただけに、強気ではいられなかった。

ましてや今以上の迷惑を当麻にはかけられない。そう思うと、せっかくの申し出だが断るしかなかったのだ。

すると、横たわったままの織原の手を取り、握り締め、当麻は「問題はそこじゃない」と強く言ってきた。

「離れていたら、もっと気になる。それこそ仕事どころじゃなくなるって」

この同居は織原のためというよりは自分のためだ、当麻自身が安心したいからだと、切実に訴えてきたのだ。

「ごめんな。もっと早くに気づけなくて。お前が苦しんでいたのはわかっていたのに、俺が理由を聞くのを躊躇ったばかりに」

織原は、握り締められた手のひらから、昨夜どれほど当麻が後悔していたかを知らしめられるようだった。

そもそも当麻とこんな関係になったときから、織原は追い詰められていた。

その原因が職場にあることも、当麻だけは知っていた。

それなのに――――そう考えれば、当麻の心情は痛いほどわかる。もしも織原が当麻の立場なら、どれほど自分を責めるかわからないからだ。

「聞かれたところで、言えないよ。そもそも、言うつもりもなかったたし。本当は、酒川先生に説明するのも嫌だった。あんな言葉、自分の口からは絶対に言いたくなかったから」

それでも織原は、当麻がいたからここまで持った。自分から退職することもできた。

これをどう伝えたらいいのだろうと迷いながらも、当麻の手を握り返す。

昨日の朝にそうしたように、今朝もまた彼の必要性を訴えるように、ギュッと強く。

「それに、我慢できなければ辞めればいいと思ってたんだ。ずいぶん前から辞表を持ち歩いていたし。ただ、それを天王寺副院長に突きつける勇気も気力もなくて…。今回それができたのは、当麻のおかげだよ。これですっきりできるって思った。まあ——その考えが甘かったんだろうけど」

「織原」

するとと、織原の思いが通じたのか、当麻は更にきつく握り返してきた。

「まさか、こんなことになるとは…。俺、健康だけは自信あったのに。神経も、そうとう図太いほうだって思ってたのに」

そのまま横たわる織原の上体を引き起こすと、腕の中に抱きしめてくる。

「すぐに落ち着くよ。酒川先生も、そう言ってたじゃないか。ようは、ストレスになっている原因を排除すればいい話だって。薬でどうこうしなきゃいけないほどでもないし、今ならまだ環境と気持ちを切り替えるだけで、十分な治療になるだろうって」

広い胸元に、長い腕の中に、すっぽりと閉じ込められると織原は心からホッとした。

大きな手で優しく髪を撫でられると、子供に帰ったような気持ちにもなった。

「織原は、一年以上も頑張って耐えてきたんから、少しぐらい休んだところで、罰は当たらないって。とにかく心機一転！　気持ちに余裕ができるまでは、今後のことを考えなくてもいいんじゃないのか？　俺のことは考えてほしいけど」

「当麻…」

「好きだよ、織原。無事でよかった」

「？」

だが、包容力さえ感じる当麻の腕や身体が、小刻みに震え出す。

「本当は、俺のほうがどうかしそうだった。倒れ込んだときのお前があまりに辛そうで、苦しそうで…。一瞬、頭が真っ白になった」

それは、どんなに笑ってみせても、ごまかしきれなかった恐怖があったという証だった。

もしかしたら、このまま大切な者を失うかもしれない。そんな、これまでには覚えのなかった闇の中へ突き落とされた瞬間があったことを示すものだった。

「まだまだ駄目だな、俺。黒河先生は遠いや」

「当麻…」

しかも、こんなときにまで当麻が黒河の名前を出したのは、彼の恋人である白石が、一度は肺癌により死を宣告されているからだ。

そのときは手術が間に合い一命を取り留めたものの、それでも五年生存率二十五パーセントという過酷なデータが突きつけられていることは確かだ。

今も白石は、日々癌の再発予防治療を受けている。

それを見守りながら白衣を纏い続けているのが、当麻のオーベンである黒河だ。神からは両手を、死神から両目を預かったと呼ばれる男だ。

「なあ、織原。絶対に、俺の前からいなくなるなよ。何があっても、どんな関係でもいいから、絶対にいなくなるな。そうでないと、俺――」

当麻は、織原が目の前で壊れ、そして倒れたことで、これまでにはなかった気持ちで〝死〟を見つめるようになったのだろう。

と同時に、愛する織原への見方そのものまで変わってしまったのかもしれない。

だが、織原は、逆にそれが腹立たしくて、当麻の身体を抱き返した。

「馬鹿っ。そこまで言うなら、もっとしっかり束縛しろよ」

「ん？」

「どんな関係でもなんて言わないで、ちゃんと…、もっと…、はっきりと…」

俺より、俺の命を優先するな。生きてさえいればいいってもんじゃないだろうと、悔しくなってきて、その思いを唇に託した。

当麻に、自らの思いをぶつけるように口づける。

「っ…っ」

これは、織原からした初めてのキスだった。

今まではキスも愛撫も当麻から受けるばかりだった織原が、初めて自分から求めて、そして奪った唇だ。

「――――そしたら俺、すぐに元気になれる。今だけはお前のことだけ考えて、お前のことだけ愛して…。元気になって、もっとお前が好きになってくれるように、また頑張れる気がするから」

織原は、すでに当麻が特別な存在なのだと、改めて告白した。

「人としても、医学を学ぶ者としても」

「織原」

これからも一緒にいるなら、恋人でいたい。

決して大事な友人や、都合のいい心の拠り所だけでいたいわけじゃない。

だから、当麻にもそのつもりで自分を見てほしいし、付き合ってほしい。

そして、傍にいてほしい――と。

「だから、落ち着くまで少しだけ寄り道をするけど待っててくれるか？　俺のこと見ててくれるか？」

当麻は、まるで全身で喜びを表すかのように、織原の身体を強く抱きしめてきた。

「もちろんだよ。当たり前じゃないか。俺だって、ずっとお前に見ていてほしい。支えていてほしい。恋人として、共に医学を学ぶ者として、ずっと…。ずっとこのまま」

そのまま呼吸さえ止めてしまいそうな、キスもしてきた。

『当麻…』

織原は、当麻のためにも早くもとの自分に戻りたいと願った。

いや、どうせなら以前の自分より強く、逞しく、何事にも負けない自分になりたいと思った。

『俺、頑張るから。お前が好きだから、頑張るから』

今後はどんな衝撃にも耐えられる、虐めや嫌がらせにも真っ向から立ち向かっていける。

そんな自分になりたいと、当麻に相応《ふさわ》しくも、また支えられる存在になりたいと、気持ちも新たにしながら病院をあとにした。

しばらくは酒川の許に通院し、様子や経過を見てもらうことにはなったが、それでもその間は笑顔で通いきろうと思った。

一日も早く、「もう大丈夫だな」と笑ってもらえるように、自分なりに頑張っていこうと。

＊＊＊

織原と当麻の新居が決まったのは、即日のことだった。

予算や求める立地条件が大方決まっていたのもあり、また、和泉が近場の不動産屋に連絡を入れ、「自分が保証人になるから早急に部屋を探してやってほしい」と声をかけたのも、即決のポイントだ。

おかげで織原は、預けた荷物に余計な延長料金をかけずにすんだ。

そして当麻は当麻で、あえて業者を探す手間もなく、織原が使った引っ越し業者をそのまま使うことで、自分のほうも手早く終わらせた。

移動した荷物の片づけまでは追いつかなくても、寝る場所だけ確保されていれば問題ない。

ついでに言うなら、寝場所も二人で一つあれば十分なのだから、思い立ったが吉日とはよく言ったものだった。

これで毎日帰れるなら当麻もさぞ…というところだが、さすがにそこまでは無理だったが。

「いよっ、新婚さん！　いいね、いいね～。研修医の分際で、羨ましい生活してんじゃねぇかよ。

夜勤で一週間拘束とかしてやろうか。それともいっそ、ここで花婿寝取ってやろうかな～」

当麻は同居をネタに、ますます黒河に絡まれていた。

黒河が酔っぱらいのごとく絡んでくるということは、連日病院からは帰れない。二人揃って、泊まり込み状態ということだ。

「黒河先生。レベル九、レッドカードです。すぐに帰宅されてください。あとの調整は俺がしておきますから、どうか思う存分、白石先輩に可愛がってもらってください」

しかし、毎回毎回同じ轍《てつ》を踏むほど、当麻も馬鹿ではなかった。

常に新たな対策法を考え、また生み出していたのだ。

「なんだよ、テメェ。えらそうに～」

「いえいえ、滅相もない。あ、すでに野上《のがみ》秘書のお迎え依頼もしましたので、どうぞ今すぐ、着替えて待機されていてくださいね」

そうして当麻は究極奥義の一つ、白石の秘書である野上を召還することを覚えた。

白石は黒河の恋人であると同時に、東都グループ系列の医療機器製造販売メーカー・NASCITA《ナシタ》の研究開発者であり会長だった。

その秘書ということは、会長秘書だ。普通なら、そんな重職にある人間を呼ぶぐらいなら、タクシーを呼んで放り込むだろう。

少なくとも、当麻なら力業でそれも可能だ。

「は⁉　野上を呼んだだと！　テメェ、それはどういうことだよ。野上は朱音の秘書であって、俺には関係ねぇだろう」

「それはそうなんですが。このたび白石先輩のご厚意で、黒河先生が暴れ出しそうになったら、いつでも野上さんを迎えに呼んでいいからと」

しかし、使えるものは使う。頼れるものは頼るというのが当麻という男だった。

この辺りは、伊達《だて》に万年次席を笑顔でやり過ごしてきたわけではない。

医学部時代の六年間、彼は織原の下だから我慢したわけでも、諦めたわけでもない。単に、ベストを尽くした結果ならすべてオーライ。変なところに意地やプライドは持たないタイプなので、甘えられる相手にはとことん甘える。頼れる者には頼る。とって返せば、そうして織原の気も引いたようなものだ。

それがオーベンの恋人に変わったところで、気にするはずがない。

たとえほとんど面識のない白石の秘書が相手でも、「お手数をおかけします」の一言で、黒河のお守りを任せてしまうだけだ。

「朱音が？」

「ええ。だから当麻くんは織原くんのことをしっかり見ていてあげて。今が大事なときなんだから、療治のことはほっといていいからと。大変ありがたいお言葉、かつお心遣いをいただきました。いやー、さすがは白石先輩！　会ったこともない後輩のことまで気を遣ってくれるなんて、大感謝です。いや、上司の妻の鑑《かがみ》ってところですかね」

恐るべし研修医・当麻。伊達に「痩せたら黒河に似ている」と言われた男ではない。

そう、当麻のどこが黒河に一番似ているかと言えば、それは顔がどうこうではない。

そうとは見えないのに、実はそうとうちゃっかりしているところだ。

黒河本人は全否定するだろうが、野上の扱い方など、そっくりだ。

これは、実際使われることになった野上が白石にぼやいたのだから、間違いがない。

「何が感謝だ。俺に黙って、勝手な――――わっ!!」

そうこうするうちに、野上が到着した。

秘書にしておくにはもったいないルックスを持つ彼は、黒河の二つ上。体格も負けていないとあって、疲労度MAXの黒河は、あっさり白衣の後ろ襟を掴まれ捕獲終了だ。

「お疲れ様です、当麻先生。いつも黒河がお手数をおかけしまして、申し訳ありません。白石から、そう言付かってきました」

「とんでもない。黒河先生、冗談抜きにお疲れなので、よろしくお願いします」

「はい。それはもう」

こうなっては、もう遅い。よほど重篤な患者でも運び込まれてこない限り、黒河は野上に連行されて自宅行きだった。

「ちょっ、なんなんだよ！　野上、テメェまで一緒になって」

「どうどう。さ、帰りましょうね。朱音さんも心配しておられましたので」

「馬鹿言え、俺はこれから執刀が…。って、当麻！　お前、マジに誰を代行させようって言うんだよ！　今日の手術は難易度高いんだぞっっっ！」

このあとの俺の予定は？　患者の手術はどうなるんだ！　と叫んだときには、手を振る当麻に見送られて病院をあとにすることになる。

「やるな、お前」

そうして、そんな様子を見て感心する池田に「ありがとうございます」と笑顔を浮かべると、今度はその足でもっと大物に甘えに行く。

「――――ということですので、よろしくお願いいたします。黒河先生が安心してお任せできる先生は、当院内でも限られていますので」

「それで私の予定を押さえてくるって、なかなかいい度胸だね」

突然来られた和泉も、これには失笑だった。

ちょっと、こめかみに怒りのマークが浮かんでいるかもしれない。

「すみません。本当は昨夜の段階でお願いできればと考えていました。しかし、副院長にも大きなオペが入っていたので…」

「確かに。だが、そこまでわかっているなら、私にもこれから予定があることも、もちろん承知しているんだよね？」

しかし、それはそうだろう。

まだまだぺーぺーに近いような当麻の立場で、副院長を右から左へ動かそうと言うのだ。「いい度胸だ」という和泉の言葉に、思わず力が入っても当然だ。

目を逸らさないまま話をし続けている当麻がすごい。

「はい。ですので、それは院長先生に」

「院長？」

「その、顔を出されるだけの学会のようでしたので…」

「――…ふっ。そこまでお見とおしか」

だが、ここまで徹底されると、和泉も笑うしかなかったのだろう。思わず噴き出した。

「すみません！」

「いや、構わないよ。漁夫の利を得た気分だ。完璧な黒河管理だよ。浅香を見ているようだ」

その後は黒河の代行を快諾。これはこれで当麻の手腕と評価した。

「はい。でも…今の俺には、まだこれぐらいしかできなくて…」

「謙遜することない。立派なものだ。それに、代行を立てるなら少なくとも同等以上か上の者。それに徹した調整も気に入った。患者やその家族のことを思えば、安心は最大の良薬だ。ただ、黒河の代わりとなると、肩書だけでは納得してくれない患者や家族は多いだろうから、そこは骨を折ったことだろうがね」

「副院長」

当麻は、これだから愛校心が強まることがあっても、損なわれることがないのだと、つくづく実感した。

「今は季節の変わり目や湿度の関係もあって、急に体調を崩して運ばれてくる患者が多い。連日の救急対応の増加で、黒河にも負担がかかっていたことは救急救命部からも聞いていた。誰かが強制的に予定を組み替えなければ、あいつは倒れるまで無茶をする。しかし、そうなってからでは遅い。誰のためにもならない。助かる命も助からないなんてことになりかねないことを考えれば、君の判断は間違っていない」

何年経っても、和泉を慕う若手が跡を絶たないのも頷けた。

現役の学生たちからの支持や人気にしても、和泉がダントツなのは納得だ。

和泉は、誰を相手にしてもブレがない。

たとえ当麻のような若い研修医が相手であっても、おそらく学会のお偉いさん相手であっても、主義思想を変えることがない。

しかも、何年経ってもだ。

これは医師として以上に、人として魅力的だ。

「焦ることはない。まあ、どうせしばらくは黒河の傍にいることになるんだ。ほっといても力はつく。今はできることに全力を尽くしてくれたまえ」

「はい。頑張ります」

こんな上司に恵まれていれば、織原だってこんなことにはならなかった。

そうでなくとも、織原は和泉に気に入られ、認められたからこそ、天王寺総合病院へ行ったのだ。

それがなければ、織原は直接和泉の指導で医師道を邁進できた。

そうなっていたら、今頃どれほど成長できていたのか――――。

今更な話だとはわかっていても、当麻はそれが悔しかった。

こんなにも、オーベン一人の違いで運命が変わる。その現実が、憎らしかった。

「それより織原くんの様子はどうだい？　本人の希望もあって、天王寺院長にはまだ本当のことは伝えていない。一応過労と職場での緊張が過ぎたようだと濁したので、しばらくは病欠扱いだが…」

「あ、はい。ご報告が遅れてすみません。実は――」


一方、当の織原はといえば、新居の片づけがそこそこ落ち着くと、日中はアルバイトに出ていた。

「お待たせしました。Aランチとプリンパフェのお客様！」

「はい！　はーい!!　俺です、織原先輩。俺ですぅ」

「あ、内山《うちやま》。なんだ、お前ここに就職してたのか。すごいじゃないか」

「すごいのは、織原の先輩のほうです。学年も学部も違ったのに、ちゃんと顔と名前覚えていてくれて。俺、嬉しくて泣きそうです。でも、どうしてこんなところに!?」

バイトと言っても、正式なものではない。青山《あおやま》にある医療機器製造販売メーカー・NASCITA本社の社員食堂で、お手伝い程度だ。

それも、ひたすらご飯をよそって出しての繰り返しという、超単純作業だ。

「それは…」

「リフレッシュ休暇だよ」

そして、今の織原にこんなバイトを紹介したのは誰であろう、黒河の恋人の白石朱音だった。

「白石会長！」

「白石先輩…」

「なんの予定も立ててないって聞いたから、じゃあ内緒でバイトしないって、俺が誘ったんだ。以前から食堂長が、なかなか人が入らない、超・短期でもいいから誰かいないかって言ってたし。織原ならここにいるだけで、確実に売上げアップに繋がると思ってね」

黒河と同い年ということは、織原よりも十歳は年上のはずだが、まったくそうは見えない。

彼こそ〝マドンナ〟の称号に相応しい、優麗かつ清楚な美青年だ。

ただ、どこか儚《はかな》げなのは、男性にしては線が細いからだろうか？

それとも癌の再発防止治療中のため？

「さすが、白石会長。確かにそのとおりです!!　俺なんか三食夜食つきで通ってます！　憧れの織原先輩にご飯をよそってもらえる日が来ようとは！　本当に感謝です。あー、嬉しいっ」

「ほら、言ったとおりだろう。うち、東都出の社員が多いから、絶対に彼みたいな若手が続出すると思ったんだ」

それでも白石は、先に教えられていなければ闘病中であることもわからないぐらい、はつらつとした笑顔を浮かべていた。

覇気や明るさもあった。

「白石先輩…」

「気晴らしぐらいにしかならないけど、それでも一日中一人で家にいるよりは、時間が早く流れる。お小遣い稼ぎにもなって、一石二鳥だろう」

「――――はい。感謝してます。二、三日なら引っ越しの余韻でどうにかできたんですけど。いざとなると、どうやって時間を潰していいのかわからなくなってたんで」

学年が違いすぎて、こうしてまともに顔を合わせたのは今回が初めてのことだった。

しかし、織原が白石に魅了されたのは、あっという間のことで、ものの数十分だったと思う。

そうでなくとも〝黒河の恋人〟だと言うだけでも特別視してしまいそうだが、どうしてどうして。白石は、白石自身の魅力をもって、織原や当麻の心を鷲掴みにした。

「そうだと思ったんだ。俺もそうだったから」

「先輩も？」

「そう。こうして生きていられるだけでも感謝しなくちゃいけないのに、それでも一日中家にいろって言われたら、息苦しくなってくる。どんなことでもいいから、今できることをしておかないとっていう気持ちになって、不安でどうしようもなくなるから」

なぜなら、限りある命を大切にし、精一杯生きる。

死を覚悟しながらも、見えない未来を追い続け、最愛の黒河に尽くし続ける。

その上白石は、黒河や織原や当麻たち医師に、たった一つでもいいから役に立つものを残そう、患者のためになるものを残そうと、自社の開発研究者としても働き続けている。

無理はしていないと笑いながらも、常に止まることなく歩き続けているのだ。

自分自身の生命力で。

「贅沢《ぜいたく》っていったら、贅沢な悩みだけどね」

この真摯な姿勢と美しさを見せられたら、惹かれないはずがなかった。

「そんな…。そんなことはないです。白石先輩の辛さを考えたら、俺なんて…」

「一緒だよ。感じる辛さに優劣なんかない。それを比べて自分が救われるならいいけど、そうでないなら考えないほうがいいよ」

好きという感情が自然に湧き起こるのが止められない。

それほど黒河の恋人・白石朱音は、織原にとっても魅力的な存在だった。

「織原は織原で大変な思いをした。だから心が音《ね》を上げた。長い人生だもの、誰だってそんなときはあるよ。そしたら少しぐらいのリフレッシュ休暇は取っても罰は当たらないだろう」

「はい」

だからこそ、彼の言葉がすんなりと耳にも心にも入ってきた。

これでいいんだろうかと、ついつい悩んでしまいそうなところに、歯止めもかけてもらえた。

まるで戦士の休息のように、気持ちもやすらいだ。

「とかいって、まんまと後輩こき使ってる先輩もどうかと思うけど」

「いいえ。俺のほうは当麻共々お世話になってますし」

ただ、それでも織原を熱く、そして奮いたたせるのは、たった一つの現実だった。

「きゃっ！」

突然食堂の外で上がった悲鳴に、誰もがいっせいに振り返る。

「何？」

「なんだろう」

「誰か、誰か来てください！　筒井《つつい》常務が！」

それが助けを求める声だとわかった瞬間、織原はキッチンの中から飛び出し、猛然と走った。

「常務⁉　と、織原！」

白石も慌ててあとを追った。

食堂前のエレベーターフロアでは、本社常務である筒井が倒れて苦しんでいる。

「失礼します！」

「あっ、あの」

「彼に任せて、原田《はらだ》。お医者様だから」

「はい。会長」

織原がすぐに膝を折って様子を診だすと、白石は邪魔にならないよう、傍にいた男性秘書の原田を落ち着かせるほうに回った。

「すみません。付き添いの方にお聞きしたいのですが。常務さん、ずっと腹部を押さえていますけど、痛みはいつから訴えていたのですか？」

すると、見る間に織原の顔つきが険しくなった。

「それが…。たった今、病院から戻ったばかりなんです。ここのところ調子がよくなくて…、また昔のやつが出てきたのかって。それで、病院へ行ったら案の定、急性膵炎だと診断されて。痛み止めの点滴を受けて帰ってきたところで…」

織原の問いかけに原田が答えると、その表情はますます険しいものとなって、白石の動揺を誘う。

「…そうですか。ですが、常務さんは狭心症か心筋梗塞の可能性があります。とにかく、すぐに一一九番に連絡を。繋がったら代わってください。俺が状態を説明しますので」

「っ、はい！」

織原が下した診断は、とにもかくにも早急の処置を要するものだった。


一報を受けて駆けつけた救急車は、すぐさま筒井を乗せて東都の付属病院へ向かった。

付き添いには白石の他に織原が同乗し、筒井は現段階でできる限りの処置を施され、万全の体制で搬送されていた。

「このまま逝ったりしないよね？　父親同然なんだ、常務は」

どんなに歯がゆくても、見ていることしかできない白石は、すっかり肩を落としていた。

「大丈夫ですよ、先輩。かなり苦しそうですが、意識はあります。すぐに病院に着きますし、そ

れに東都には専門の先生がいらっしゃいます。黒河先生もご自宅から駆けつけてくださるそうですから」

「ん…」

織原は、そんな白石を元気づけるように、はっきりとした口調で「大丈夫だ」と言い切った。

自分の診断に迷いはなかった。

「それにしても、急性膵炎から狭心症だなんて…」

「いいえ、そうじゃないと思います。おそらく問診が足りなくて、的確な検査がなされないまま、点滴治療が行われたんでしょう」

ただ、この話になると、織原の顔は再び険しいものになっていった。

「え？　それじゃあ…誤診!?」

「診察の経緯がわからないので、断言することは憚《はばか》られます。先ほど秘書の方も、常務さんは以前にも膵炎を患ったことがあったとおっしゃってましたし。その話を担当医が鵜呑みにした場合、こういう結果にもなり得る可能性はゼロじゃないと…」

なぜなら、筒井が倒れたのには理由があった。

それも、医師としては絶対に見逃すことのできない、許し難い理由だ。

「ただ、仮にそうだとしても不整脈が出てますし、不調を訴えていたときには軽い狭心症を起こしていた可能性が否めません。なので、もっと致死的な疾患を疑っていれば、患者を帰すなんてことはしなかったはずなんです」

人間だから、誰しも間違いはある。それは仕方がない。

しかし、唯一それが許されない仕事があるとしたら、それが医師だ。

人の命を預かることを使命とした仕事だ。

「とにかく、至急、常務さんが治療を受けたという病院のカルテを要求してください。今後の治療にも必要かと思いますし…」

織原は、こんなことは口にしたくはなかったが、場合によってはカルテが誤診の証拠になるため、白石に確認するよう指示を出した。

「わかった。ありがとう、織原」

白石は、ことの重大さを受け止めながらも、コクリと頷いていた。

そうして横たわる筒井と、隣にいた織原の顔を見比べると、

「織原がいてくれてよかった。本当に…、ありがとう」

心からお礼の言葉を口にした。

それは、医師としての道を閉ざしかけていた織原の心に一石を投じるものだった。

7

筒井が付属病院に運び込まれてから数時間後のことだった。

「お疲れさん。いきなりのことで、大変だったな」

救急救命部の控え室。白石とは別に一人で待機していた織原に、そう言って声をかけてきたのは手術着姿で現れた当麻だった。

「黒河先生が褒めてたぞ。よく、見極めたって。本当なら、最初に診た医者よりお前のほうが急性膵炎と誤診しても不思議がない状態だった。レポート書きと雑用で一年も潰されたわりには、しっかり診断してるし、ちゃんと患者を診れてるってさ」

筒井は織原が診たとおり、狭心症だと診断された。

それも心筋梗塞手前でかなり危険な状態だった。

病院からの移動が病状を悪化させる形になったのだろうが、搬送直後にはすぐ手術。こうして笑顔で話せる結果となって、さぞ白石も安堵していることだろう。

大丈夫だとは信じていたが、織原もホッとした。ようやく胸を撫で下ろしたのが、正直なところだ。

「――――いや、それが…。そう言ってもらえるのはありがたいんだけど、実は常務さんが倒れたときの症状とか経緯と類似したケースを、俺…、何度かレポートに書いたことがあるんだ。患者が上腹部を押さえていたにもかかわらず、あの場で迷いもなく狭心症か心筋梗塞だろうって診断したのは、たぶんそれのおかげだと思う」

ただ、そんな気のゆるみからか、織原はこの期に及んで当麻を驚かせるようなことを口にした。

天王寺へ感謝を口にしたのだ。

「え?」

「その、天王寺副院長が手がける診断書って、すごく緻密で丁寧なんだよ。それに執刀のDVDを見合わせて、自分なりにレポートをまとめ続けていたから、いくつもの症例が丸ごと頭に入ってた。それらが的確な診断をはじき出したんだと思う。自分でもびっくりするぐらい、迷うこともなかった」

それにしたって、今にして思えばという話だったが、実際迷うことなく筒井を診ることができた織原にとっては、あれがただの嫌がらせとは思えなくなってきたのだ。

もちろん、口汚く罵られたことは事実だし、あれはモラハラやパワハラと言われても不思議がない。口が過ぎたという域でもない。

特に、織原が和泉や黒河とどうこうと言われたことに関しては、セクハラどころの話ではない。人として許せないと思う。

しかし、それでも連日のレポート作成に関しては、あれが天王寺流の教え方だったのだろうか?

まずは目で見て、頭で記憶して、実践はそのあとだ。そういうことだったのだろうか?

そんなふうにも思えてきたのだ。

「そっか。それは不幸中の幸いだな。けど、俺からしたら、それはお前だからだと思うぞ。ストレスを感じながらも、真摯にレポート書きに徹していた。その中からでも、学ぼう、知ろうっていう気持ちがあった。そういう医者への執念みたいなものが、結果的には身になった。ようは、イメージトレーニングの賜物《たまもの》ってことでさ」

もっとも、それはお人好しな織原だからこその発想であって、当麻から言わせれば「すべてが織原の努力」もしくは「持って生まれた才能」だ。

外科医の中には、イメージトレーニングを積んだだけで、実際そのとおりの手術ができる者がいる。

極めて稀な存在だが、それでもゼロではない。

天才と呼ばれる者は、何年かに一人は現れる。

それを思えば、織原が膨大なデータから正しい判断や診断を導き出せたのは、教えがいいからではなく、本人の頭のよさだ。

それこそ持ち前の――というやつだ。

「そうかな?」

「ああ。ただ、そうじゃないと思うなら、いや、思えるぐらい気持ちが落ち着いているなら、一度ぐらい真っ向からぶつかってみたらどうだ? 天王寺副院長に」

ただ、そうはいっても、当麻もこれだけで話は終わらせなかった。

いまだに長椅子に腰を落ち着けたままの織原を見下ろし、天王寺に見立てて言ってきた。

「これまで雑用とレポートばっかりやらせたのは、はっきり言って虐めですよね？　口汚く罵ってきたのも、モラハラ、パワハラですよね？　って」

こうなったらいっそ、天王寺本人に対し、戦いを挑んでみたらどうだと。

「え？」

「ちなみに、東都の精神科医には完全にパワハラによるストレス障害だって診断されたんですけどってつけ加えたら、なんて答えるか見物だぞ。医者が病人作ったなんて、世も末だしな」

ニヤニヤと意地悪く笑う表情が、誰かを思わせた。

こういうところばかりが黒河っぽいなどと言ったら、きっと本人は大激怒だろうが、当麻の冗談めいた軽い言い回しが受けたのか、織原はクスクスと笑った。

「激怒して、ふざけるなって言われるだけだって。そもそも、この程度で心が折れるぐらいなら、医者には向いてない。甘えるのも大概にしろって」

「それで、辞めちまえって言われたら、今度こそ円満退職できるじゃないか」

「は？」

「違うか」

まんまと話を持っていかれて、自然に「そうかもしれないな」と納得もさせられる。

「けど、そうなったら本腰入れて社員食堂にお勧めかな。白石先輩にお願いしたら、このまま雇ってくれるかな？」

いずれにしても、このままでいいわけがないのは、織原が一番承知していた。

天王寺によって握り潰された辞表の話は院長にするべきだろうし、今後酒川の世話にならないためにも、綺麗さっぱり離れることが一番の治療だろう。

天王寺からも、天王寺総合病院からも――。

「どうして？　そう決めつける前に、和泉院長や副院長に直談判すればいいじゃないか。ここで研修がしたい。一からやり直すつもりで、なんでもするから置いてくれって」

しかし、ここでも当麻は織原の気持ちに揺さぶりをかけてきた。

「そんな無茶な」

「無茶かどうかは、やってみなくちゃわからないだろう。もちろん、無茶ができるほど心身共に回復してからでいいと思うし、これに関しては焦る必要はない。ただ、今の織原はすごく生き生きしてるし、充実した医者の顔をしているから、何も医者になることそのものを諦める必要はない気がするんだ」

「当麻」

「常務さんが助かった。無事だった。そう知ったときの気持ちが、きっとお前にとっては一番の原動力なはずだ。それこそ恋や愛じゃ埋め尽くせない、一人の医者としての」

確かに、病院を辞めたからといって、医師まで辞める必要はない。

天王寺に潰された一年のために、それまで必死に勉強してきたことのすべてを、子供の頃からの夢まで捨てる必要はどこにもない。

それはわかっている。

ただ、いっときとはいえ、何もかもが嫌になったことがあるのも、嘘偽りのない話だった。

いっそこのまま食堂に勧めたほうが、そんな迷いが生じたのも事実だ。

しかし、そんな織原の前で、筒井は倒れた。

まるでおのれの使命を思い出せ、自分が何を目指してきたのか、今こそ確認しろと言わんばかりに倒れて、そして織原は奮いたった。

何かを考える前に、行動していた。

一人の責任ある医師として。

「――――ん。そうかもしれない。形はどうあれ、学んできたことが役に立った。実際に活かせた。だから天王寺副院長に対しても、感謝できるのかもしれない」

織原は、当麻の言うとおり、これを機会に今一度、進路を再確認してみようと思った。

そして、進みたい道がこれまでともなんら変わっていないなら、これからの未来のためにも、まずは最初の一歩を踏み出してみようと思った。

「俺、酒川先生に相談して、了解が貰えたら、天王寺副院長に会ってみる。当麻が言うように、面と向かって言ってみる」

当麻は、無理をする必要はないと言いつつも、織原が顔を上げて席を立つと、とても嬉しそうだった。

「どうせなら、今後のためにも清々しく首になったほうがいいだろうし。そもそもそれぐらいの根性がなかったら、和泉院長や副院長に直談判なんかできやしない。この東都に医者としては、来られないだろうから」

誰もいないのをいいことに、そのまま顔を近づけると、チュッとキスをしてきた。

「それがいい」

そう言って、笑って――。


意を決した織原が、天王寺のところへ向かったのは、それから数日後のことだった。

『久しぶりだな。なんだか、一年、二年来なかった気がする。しかも、懐かしい。どうしてか帰ってきたって気がする。東都に行ったときには感じなかったことだな』

思えば天王寺に辞表を突きつけ、病院を飛び出してから、まだ半月と経っていない。

発作を起こして倒れた日から主治医となった酒川は、正直言ってまだ少し不安だと漏らした。

もともと芯がしっかりしていて、生真面目な織原。正義感が強すぎるところもあって、何かと頑張りすぎるのが目に見えている。また、そうすることが当たり前だと信じているし、適当なところで手を抜く、休むといったことが考えられないタイプだ。

そうして真摯に、実直に培《つちか》われてきたプライドも高い。

それを一年がかりで追い詰められて、壊された。恐怖や嫌悪まで植えつけられた。

すぐに調子がよくなったように見えても、心に残った傷の根は深い。

今は天王寺と直接会っていないので落ち着いているが、病の元凶となっている本人に直接会うとなったら、話は別だ。相手の出方もわからないだけに、また発作を起こすようなことになれば心にも身体にも負担を負うのは織原自身だ。

ならば、せめて誰か付き添いをつけられないか。そう、提案してきたほどだ。

『これって、俺の病院はもうここになっていた。天王寺総合病院になってたってことなのかな？これが住めば都ってやつか？』

しかし、それでも織原が「これを乗り越えなければ、東都に置いてほしいと言えない。院長や副院長に直談判できないんです」と笑って説明すると、酒川は「そうか」と言って許してくれた。

あの和泉にぶつかっていくことを考えたら、天王寺のほうがまだいいか――と。

ただし、少しでも辛いと感じたら頑張らずに逃げろ。周りに助けを求めろ。とは、つけ加えられた。

世の中には、逃げるが勝ちという言葉もある。

ときとして、目的を果たすための撤退は必要なことだし、恥ずかしいことでもない。

何より、万人すべてと馬が合う、親しくできるとは限らない。

自分が受け入れられない、相手から受け入れてもらえないという人間がいたとしても、それは当然のことだ。

だから、結果的に天王寺と理解や和解がし合えなくても、気にするな。

こんなこともあって当然と受け止め、決して自分のせいだとは思わないように！　と、強く言われたが。

『さてと、まずはどっちから行こうかな。やっぱり安全策として、院長に辞職の承諾を得てから、副院長か？　それとも当たって砕けろで、副院長に――――』

織原は、警備室のある夜間用の出入り口から院内へ入ると、とにかく院長室なり副院長室を目指そうと歩き出した。

すると、すぐに正面に立っていた年配女性から声をかけられた。

「あ、織原先生！　体調はもうよろしいんですか？」

「師長」

織原の姿を見るなり駆け寄ってきたのは松田だった。

天王寺から受けたモラハラやパワハラの件は明かしていない。なので、彼女は織原の欠勤理由は、過労だと聞かされている。

「院長から聞きましたよ。もう、こんなことになるなんて、よっぽど研修がきつかったんですね。お二人共真面目だし、内容そのものが専門的なことなので、私たちもつい邪魔しないようにって立ち入ることを遠慮したんですが…。でも、考えたら、だからこそ息抜きのタイミングさえ外されてしまうんですものね。周りが立ち入らなかったら、かえって頑張りすぎてしまって」

師長は師長で、織原に対して責任を感じていた。

ただ、こうして話を聞くと、織原は改めてそうだったのかと思わされた。

これも上に立つ者のカラーが反映されているのかもしれないが、ここの職員のノリは揃いも揃って天王寺院長と同じだ。

何事も悪いようには捉えないし、全部いいように考えていくから、よもや指導にかこつけ虐めが起こっていたなどということは思いつきもしない。

しかも、どんなに織原があくせくしたところで、各自が気を遣って見守りに徹したというのだから、唖然とするだけだ。

「これからは若い看護師たちがどんどん誘ってくると思うんで、覚悟してくださいね。あ、先生方からは合コンなんかにも誘われるかも。なにせ織原先生は、当院始まって以来の王子様先生ですから。みんな本当はアフターに誘いたくてうずうずしてたんです。責任ある仕事だからこそ、息抜きもしっかりしないと！　ってことで」

悪気がないってすごい。

織原は改めてそう思った。

ただ、これだから織原が他の同僚から嫉妬される、陰で嫌がらせを受けるなんてことがなかったんだなとは納得した。

みんな織原が「大変そうだ」とは思っても、それが「羨ましい」「妬ましい」とは思わなかった。

そこに見て見ぬふりがあったわけでもなく、気遣いや優しさが遠慮になってしまったから遠巻きに見ていただけで。

それでも、その大変さが今回のようなストレスに繋がっていたなら、すぐにでも改善しようと動いてくれる。その内容が若干ずれているような気はしたが、それでもみんながみんな織原の助けになろうとしてくれているのは確かだ。

一人の研修医を、ちゃんと育てようとしてくれている。

『なんか、ここも東都と大差ないノリな気がしてきたな。あ、院長がそうだからか』

織原は、ここに来て覚悟が揺らぐ自分を感じていていた。

天王寺が駄目だからといって、この病院のすべてを否定し拒絶していいものか？

だからといって、自分が天王寺からモラハラやパワハラを受けていたと知ったら、松田たちはどれほどショックを受けるだろう。

天王寺はこの病院にとっては、シンボリックな存在だ。

誰もが慕う次期院長だ。

そう考えると、何も言わずに辞めていくほうが――そんな気もしてきた。

織原の中に、何度目かの「どうしよう」が渦巻く。

しかし、そんなことで悩む暇を与えてくれないのが、久しぶりに織原を見て、はしゃいでいる松田だった。

「あ、そうそう。それにしても、先生の代わりだと言ってお手伝いに来てくださった東都の先生方も、素晴らしく見目麗しい方たちですね。しかもすごく優秀でいらっしゃって。あの副院長がたじたじですよ。一を言えば十わかるどころか、何も言わなくてもすべてが右から左に運ぶんですもの」

「え？　俺の代わりのお手伝い？」

それは織原が知らなかっただけで、ずいぶん前からここに投下されていただろう、爆弾の存在だった。


『いったい、どういうことだろう？　副院長がたじたじって？　それって、何が起こってるんだろう？』

松田から清水谷と浅香が送り込まれていたことを聞くと、織原は迷うことなく天王寺副院長のところへ向かった。

どうしてそんなことになっているのか、織原にはまったく見当がつかなかった。

別に織原一人が欠勤しようが退職しようが、天王寺が困るようなことは何もない。

それほど織原は実践的なことをさせてもらってこなかった。

それなのに――――あえて織原の代わりという名目が気になった。

仮にそうだとしても、どうして一人じゃないのか。清水谷や浅香ほどの人材が二人もなのか。

織原は、わけもわからず不安になると、その理由を確かめるべく廊下を急いだ。

『あ、いた』

副院長室の傍まで来ると、辺りに人がいないのを確認しながら、こっそり中の様子を窺った。

「お疲れ様です」

「ああ。ご苦労様」

声をかけ合う姿は、特になんの変哲もなかった。

天王寺はデスクに向かって、何やら書類を制作している。浅香はお茶を入れて、天王寺へ持っていく。

「あまり顔色が優れないようですが、お加減でも？」

「いや。そんなことないが」

「あ、もともとそういったお顔立ちでしたっけ。これは失礼しました」

しかし、どこにでもありそうな光景の中に、あってはならない言葉が交じっていた。

織原は一瞬、『へ？』と、我が耳を疑った。絶対に聞き間違いだと思ったのだ。

「けど、患者さんの手前もありますし、極力笑顔は絶やさないに限ると思いますよ。そうでないと、羽織った白衣だけじゃごまかしきれませんから。お暗い性格までは」

『ええっ⁉』

だが、聞き間違いではなかった。浅香は暴言としか思えないことを笑顔で、しかも軽やかな口調で天王寺に言い放っていた。

「君！」

「あ、それより天王寺先生。明日のＣＡＢＧ（冠動脈バイパス術）の件ですが、オフポンプ（人工心肺装置なし）で指示しましたが、よろしかったですよね」

怒った天王寺が反撃に出ようかというのさえ、仕事の話ではねのける。

これはもう、浅香の独壇場だ。

「なんだって？　誰がそんなことを言ったんだんだ」

「私の判断です。今の患者さんの状態で、うちの黒河なら普通にオフポンプです。心臓外科の専門でもない医師がそうなんですから、天王寺先生なら当然かと思って」

「一緒にするな。患者の安全を第一に考えれば、オンポンプだ」

とはいえ、手術のこととなったら天王寺も黙っていない。デスクを叩きながら、立ち上がる。

これは天王寺の言い分が正しいだろうと、織原も思った。執刀医の意向を無視して、勝手に方針を決めるなどありえない。いったい浅香は、どうしてしまったんだろう、と。

「そうでしょうか？　患者のためを思うなら、こういうときこそオフポンプじゃないんですか？　そのほうが術後のグラフト開存率も低いことが証明されてますし、何より心筋へのダメージも少ないですよ」

「浅香先生。天王寺先生には、天王寺先生のやり方があるでしょうから、そこまでに」

すると、副院長室の続き部屋のほうから清水谷が現れた。

織原はかなりホッとした。これで浅香の暴走が止まる。

「じゃあ、清水谷先生もオンポンプで行くことが患者のためだって言うんですか？」

「いえ、そうは言いませんけど。でも、そもそもオン・オフにあたっては、術者の技量差や施設差もありますし、誰もが黒河先生じゃないですから」

しかし、美しい笑顔を浮かべて放った清水谷の言葉は、聞きようによっては浅香の何倍もの失礼さが、いや残酷さがあった。

『しっ、清水谷先生までなんてことを‼』

織原は今にも悲鳴が上がりそうになり、自分で自分の口を押さえる。

「あ、そう言われたらそうでした。確かに患者さんのためを思えば、持ち前の技術以上のことはしないほうがいいに決まってますもんね」

『浅香先生っっっ』

聞いていた織原のほうが卒倒しそうだ。

直に言われている天王寺がどんな気持ちでいるかと思うも、想像もつかない。

「いえ、私は単に施設的な問題を言っただけですよ。天王寺先生の技術はとても素晴らしいです。ただ、黒河先生以上に教わることがないのが残念ですが」

「確かに。もっと専門的なことが学習できるかと思ってましたが、そこは期待外れでしたね。はははは」

『――――…っ』

織原は、その場に立ち尽くした。

いったい誰の差し金でこんなことになっているのか？

それは察しがつくが、認めたくない。

「いい加減にしろ！　なんなんだ、君たちは。もういい、帰れ。ここにいなくていい」

だが、そうこうしているうちに、天王寺が声を荒らげた。

自分が怒鳴られたわけでもないのに、織原は全身がビクリと反応した。

手足まで震え始めて、止まらない。足元から力も抜けて、その場にしゃがみ込んでしまう。

『っ…っ、苦しい…っ。どうしよう…当麻』

酒川が心配していたのは、このことだ。

どんなに織原が「もう平気だろう」と思ったところで、それは元凶に接していなかったから。

天王寺から、嫌だと思うことをされていなかったからに過ぎない。

心に負った傷は深く、大きい。それに身体が反応してしまうのだ。

織原は廊下にうずくまりながら、心の中で当麻の名を繰り返した。

まるで呪文のように、当麻の名前を繰り返すことで、自分を落ち着けようとした。

「そういうわけにはいきません。これは双方の院長同士が決めたトレードですから」

「そんなものは関係ない。今すぐ私が破棄してやる」

「ですから、そういうわけにはいかないんですよ。織原は一年以上も耐えたんですから、あなたにも少しぐらいは耐えてもらわないと。いや、知ってもらわないと。こういう態度を取られる側の気持ちってやつを」

「なんだと⁉」

だが、こんなときでも自分の名前が出ると、織原はハッとした。

意識を今一度室内へ戻した。

「あなた、俺たちみたいな若輩者からあれこれ言われたら、すごく腹が立つでしょう？　けど、怒れるあなたはまだいいんですよ。それさえできずに従い、耐えるしかない研修医のストレスはこんなもんじゃないです」

完全にキレた浅香は、天王寺に反撃の余地など与えなかった。

清水谷もまったく止めようとしていない。

「これから一人前に育っていかなきゃならないのに、まともな仕事もさせてもらえず、研修そのものはおざなり。その上、陰湿なオーベンからは、毎日毎日嫌味を食らって、虐められて、織原はとうとうストレス障害でドクターストップですよ。本人が言わないでくれって言うから黙ってましたが、和泉も俺たちも怒り心頭です。可愛い後輩を病むまで追い詰めやがって、それでもあんたは医者なのか!! ってね」

浅香の怒りは、本人のみならず、和泉や黒河たちの怒りだった。

「だいたい、患者を救うはずの医者が患者を作ってどうするんだよ。あんた、なんのために医者になったんだよ⁉ 金や名誉のためか？ それとも家督のためか？」

医療現場に関わる者の怒りだった。

「そもそも人の心を思いやることもできないくせして、よく医者だなんて言ってられるよな。心臓外科の権威だかなんだか知らないけど、人間としては最低だ。いっそ幼稚園からやり直したほうがいいんじゃない？ 虐めは卑劣な行為だって、徹底的に学び直すべきだって」

ただ、だからといって、何もここまで責めなくても――――と、織原は思った。

たとえ自分のためであっても、これでは浅香のほうが天王寺を虐めているようだ。

どんなに正しいことでも、言い方を間違えれば暴力になりかねない。

織原は、浅香にこんな形で暴力は振るってほしくない。

理由が自分にあるならなおのことだった。

「研修医はオーベンのおもちゃでもなければ、人形でもない。あんたの陰湿な性格や勝手で、他人の人生狂わせていいなんて法は、どこにもないんだ。だいたい、大した腕もないくせに、でかい顔しやがって。ココじゃどうだか知らないけど、あんた程度の腕の奴なら、うちにはゴロゴロいる。はっきり言って、研修終えたばかりの清水谷のほうが、あんたよりも技術は数倍上だよ。なにせオーベンについた黒河療治の腕が段違いだからな」

織原は、聞いているのも耐えられなくなり、思い切って立ち上がった。

自分に勢いづけて部屋の中へ入ろうとする。

「言いたいことはそれだけか」

しかし、怒気で震える天王寺の声がすると、再び織原は怖じ気づいた。

「なんだって？」

「だから、言いたいことはそれだけかと聞いたんだ」

ここに飛び込む勇気がなければ、今後天王寺とまともに話などできやしない。天王寺を前に、言いたいことなど言えやしない。

それはわかっているのに、身体が強張り動けない。

気持ちはあるのに、身体が思うように動かない。

「勝手…なことばかり抜かし…やがって、何がストレスだ。織原…も織原だ。文句があるなら自分で言えばいい…ものを、お前らにみたいな奴ら…を、寄こしやがって」

ただ、それとは別に、織原は天王寺の様子が何かおかしいことに気がついた。

「言える隙さえ与えなかったのはそっちだろう！　自分で追い詰めておきながら、まだそんなことを！」

「東都…みたいな温《ぬる》い環境で…育ったお前らに、何がわかる。何も…わかってないのはお前らのほう…だ」

怒りに任せて感情が高ぶっている、興奮しているのはわかるが、それにしても変なところで呼吸が乱れて、声も震えていた。言葉も何度か途切れて、やはりおかしい。

いつもの天王寺ではない？

『天王寺副院長？』

そして、そんな織原の疑問は、動かすことのできなかった身体をも動かした。

「何が、可愛い後輩だ。怒り心頭だ。恥ずかしげもなく綺麗事ばかり並べやがって…。これだから東都の奴らは嫌なんだ――。いや、大嫌いなん…苦ぅっ…っ」

次の瞬間、天王寺は浅香や清水谷相手に叫びながらも、白衣の胸元を押さえていた。

一瞬顔を歪めると、そのまま姿勢を崩して、デスクに向けて倒れ込んでいく。

「天王寺副院長！」

織原は、すぐさま天王寺の傍へ駆け寄った。

「て、天王寺副院長？」

「天王寺副院長」

驚く浅香や清水谷を差し置いて、今だけは天王寺を診ることに全力を尽くした。


「織原くん。それで、うちのは？」

心配そうに訊ねる天王寺院長に、織原が説明に当たったのは、それから数時間後のことだった。

「突然の胸痛発症、心電図変化、心臓の一部も動かなくなっていたので急性心筋梗塞も疑ったのですが、冠動脈の狭窄《きょうさく》が見られなかったので、その心配はないと。ただ、若干ですが、心室心尖部が風船状に拡張し始めていて、左心室基部も過収縮しているようでした。なので、たこつぼ型心筋症じゃないかと…」

「たこつぼ型心筋症か」

救急病棟の一室に、天王寺は横になっていた。

さすがにあの状態で倒れられたこともあり、清水谷や浅香もかなり反省気味で傍にいる。

だが、それでも天王寺の病名が耳に入ると、プッと噴き出しそうになった。

ごくたまに、どうしてそんなに病名をつけるんだ⁉　というケースがあるが、これはまさにそんな感じだった。

たこつぼ型心筋症――――その名のとおり、心臓がたこつぼ型に似てきてしまうことから名づけられたものだが、いまいち緊張感にかける。

「はい。重篤な状態ではないので、このまま安静にしていれば大丈夫かと思います。ただ、これは大きなストレスや極度な興奮のために交感神経が心臓の筋肉に作用して、心臓の収縮を低下させてしまうことが原因と言われています。さすがに、この短期間でとは考えづらいので、天王寺先生がこうなったのは、もしかして俺のせいなんじゃないかと…」

しかし、発病に至る理由が理由だけに、誰もが息を呑んだ。

織原をストレス障害に追い込みながら、その本人までもがストレス障害を起こしていた。

こうなると、鶏が先かたまごが先か——いずれにしても、よほど相性の悪い組み合わせだったとしか思えない。

倒れ際に「東都の奴らが大嫌いだ」と発していたが、それにも関係しているのだろうか？

清水谷と浅香はときおり目を合わせながら、成り行きを見守っていた。

「いや、そんなことはない。君はよくやっていたよ。それなのに、うちのがむごい仕打ちを…」

すると、改めて自分を責め始めた織原に対し、この騒ぎがもとでようやく事実関係を知った院長が頭を下げた。

「院長」

「本当に申し訳ない。謝ってすむことではないが、私ももっと気をつけるべきだった。まさか、よかれと思ってつけたオーベンだったのに、こんなことになるなんて」

「そんな、よしてください院長。確かにこの一年、俺は副院長からきつく当たられてきました。

でも、それは俺が単に打たれ弱ったからそう感じただけのことかもしれないし。他はもっと厳しいのかもしれないです」

織原は、慌てて頭を上げるように頼み込む。

自分が天王寺を擁護するのも変な話だが、逆を言えば、それができるのもこの場に織原しかいない。

「それに俺は、天王寺副院長のおかげで、NASCITAの常務さんをちゃんと診ることができました。今もこうして、他の先生方と一緒になって、副院長のことも診ることができました。迷うことなく診断できました。これは、天王寺副院長が見せてくださった膨大な診断ケースと執刀パターンのおかげです。間違いありません」

ただ、織原にすれば、これは天王寺を庇ったわけではなく、ありのままの気持ちを言葉にしただけだった。

前回の筒井のときもそうだが、今回の天王寺の件にしても、織原はなんの迷いもなく病名にたどり着いた。それも、一緒に診ていた先輩医師たちが驚くほどの早さで。

それがあったからこそ、院長への説明も織原が任された。

これは研修医以上の働きを評価されたも同然だ。

「でも、ということは、副院長には副院長なりの研修スケジュールがあって、今の時期はレポート作成に徹していたのかもしれません。それを、俺が確かめもせずに、パワハラだと思い込んだから、こんなことになって――」

とはいえ、さすがにそこまで自分のせいにすることもないだろうと思うのだが、院長には感謝しかしてない織原からすると、こんなふうにしか説明ができなかった。

清水谷や浅香にしても、この場で「いや、それは」とは言えない。

なにせ、天王寺を倒れるまで追い込んだのは、織原ではなくこの二人だ。特に浅香など、自覚があってやった分、始末書も覚悟の上だ。

ここまでやれとは、さすがに和泉も言わなかったので。

「どこまでめでたいんだ。そんなはずないだろう」

だが、こんな展開に一番耐えられなくなったのは、倒れた天王寺本人だった。

いきなり瞼を開くと、吐き捨てるように言った。

「大量のレポート書きなんて、嫌がらせ以外のなんでもない。そこから得たことで、これだけの診断ができるのは、お前の才能だ。独学みたいなものだ。さすがといえば、さすがだよ。東都医学部の主席は伊達じゃない。俺の惨敗だ」

気がついたんですね――――そう、織原が喜ぶ間もなく、天王寺は悪意をもって織原に接したことを自白した。

それどころか、織原自身の才能と努力に負けまで認めてきた。

「俺は、初めからお前を育てる気なんか、さらさらなかった。どうして俺が、わざわざ自分の立場を脅かすような真似をしなくちゃいけないんだ。親父の跡継ぎを育てなきゃいけないんだ。そう思ってきたからな」

驚く織原をよそに、天王寺は淡々とストレスの根源となっていた原因を明かし始める。

しかし、これを聞かされて愕然としたのは、院長のほうだ。

受けた衝撃を隠せずにいる。

「だってそうだろう。親父はいまだに母校がよくてたまらないんだ。医者と言えば東都出身者が一番だと思っているし、しょせん俺みたいに二流大学しか出ていない奴は、どんなに努力したところで、たかが知れている。そう思っているから、今になって東都から織原みたいな優秀な人材を引っ張り込んだんだろうし」

心臓外科の権威――すでにそう評価されている天王寺に、こんなコンプレックスがあったことなど、織原には想像もできなかった。

そもそも他人の出身大学など気にかけたこともない分、まさか自分が疎《うと》まれた原因が出身校にあったなど、考えもつかなかったのだ。

「けど、俺は俺で努力してきた。大学のレベルそのものがお世辞にもいいとは言えなかった分、海外に出て、心臓外科の専門医にもなった。それなのに」

ただ、そんなコンプレックスから憤りややるせなさを初めて見せた天王寺に、織原はこれまでにはなかった親近感を覚えた。

なんだか、とても人間らしさを感じたのだ。

「何を勘違いしてるんだ。私は、いずれお前が院長になったときに、しっかりと支えになってくれる医者を自ら育ててほしい。今から強い絆を作ることで、ゆくゆくの安心にしてほしいと思ったから、和泉くんに頼んで育て甲斐のある子をとお願いしたんだぞ」

しかも、そんな天王寺に院長が声を荒らげたものだから、ますます普通の親子の行き違いを見ているような気になった。

「そりゃ、私のためにと小・中・高・大と、東都受験に四度も挑んで失敗したお前にしてみたら、その東都から呼んだというだけで、そういうひねくれた発想になるのかもしれないが」

四度――――それはすごいと絶句もした。

織原にしても清水谷や浅香にしても、東都には一発で現役合格していた。

私立の東大と呼ばれる大学だけに、これだけでも天王寺から逆恨みされそうだ。

「だがな、そんなお前だからこそ、私は誇りに思ってきた。そこまで失敗しても、結果的にお前は自分の力で医者になったし、心臓外科の専門医にもなった。こんなに素晴らしく、また誇れることはないだろう。だから、この病院だって大きくしたんだ。設備も整えたんだ。医者としてのお前が、これからも飛躍できるようにと」

しかし、だったら尚更院長が言ったことは確かだと、織原たちも共感してしまった。

東都に四回落ちようが、二流の大学に行こうが、今の天王寺は実績も結果も出している。

しかも、心臓外科の権威だと認めたのは世間であって、身内ではない。社会的な評価だ。

親としたらどれだけ誇らしいことかわからない。

きっと織原なら、両手放しで喜んで自慢するだろう。

ただ、それがきちんと伝わっていなかったから、天王寺は誤解した。

織原が招かれたことに、しかも織原が心臓外科を希望していたことで、これまで築き上げてきたものが奪われていくような気持ちになった。

その最たるものが、尊敬する父親の期待だったのかもしれないが――何にしても皮肉なすれ違いだ。

「そんなこと、今更言われたって遅い。俺はもう、人としても医者としても、最低なことをしたあとだ」

それでも、誤解さえ解ければ、天王寺も我を張り続けることはない。

事実を知った顔に、後悔が表れたのはあっという間のことだ。

そして、そんな天王寺の顔は、織原に新たな衝動を起こさせる。

「でも副院長は、東都というブランドや、院長の誤解があったから俺に当たっただけで、俺そのものを嫌っていたわけではないんですよね？　俺個人が駄目で、嫌いで、そういうことじゃなかったんですよね？」

「――――っ」

突然聞かれて、天王寺はたじろいだ。

勢いに流されて、小さく頷く。が、その瞬間、織原に満面の笑みが浮かんだ。

「俺、それさえわかれば、まだまだやれます。今からでも副院長について研修を続けられます」

天王寺はただただ啞然としていた。

こうなったら、二度と和解はないだろう。そう思っていたのは、天王寺も織原と同じだ。

「俺、今日久しぶりに来てみて、自分がもう付属病院を目指していた頃の学生じゃないんだって気づきました。この天王寺総合病院の職員の一人なんだ。ここが、すでに俺が働く病院なんだって、すごく感じたんです」

だが、織原は自らの口で、今後もここで研修医を続けたいと希望した。

「それに、副院長がどう思ってレポート書きばかりさせたにしても、俺にはしっかり身になってます。このまま実践でも使って、見てもらえたら、きっといつか副院長に喜んでいただける。手間はかかったが使えるようになったって、そう言ってもらえる専門医になれる気がします」

天王寺にオーベンを希望した。

「だから、俺のことが嫌いじゃないなら、改めてオーベンになっていただけませんか？　俺に先生の技術を教えてくれませんか？」

あとは天王寺の答えを待つばかりだ。

よもやこんな形で話が進むとは思っていなかった清水谷や浅香、院長にしても、固唾を呑んで見守るばかりだ。

しかし、天王寺はニコリともせずに、ゆっくりとベッドから身体を起こした。

「俺は、今更気を遣うなんてことはできない。東都がどうだか知らないが、よその研修現場や縦関係はすさまじい。特に俺みたいな二流大学出の医者は、とことん虐め抜かれて育ったクチだ。罵詈雑言当たり前で耐えてきた。嫌がらせじゃなくて、当たり前のようにレポート作成もやらされた。それでもいいのか」

ここまできて、その態度！　その言い方か！

浅香は思わず突っ込みそうなったが、織原はまったく動じていなかった。

「はい。それでも構いません。この際、俺も言い返すことを覚えます」

いきなり態度を変えられても、これはこれで変だろうとでも思ったのか、かえってリラックスさえしている。

なんだか急に逞しくなったようだ。

「私生活に立ち入る気はないが、お前の趣味も受け入れられないぞ」

「そこは、かえってそのほうが都合がいいです。パートナーが心配しないですみますから」

その後も天王寺と織原の確認は続く。

「本気なのか」

「はい」

他人は介入できない。これは新たな師弟関係を築くための、二人の儀式だ。

「馬鹿かマゾか、お前は」

「そのつもりはありません。あ、でも。しいて言うなら、サドかもしれません。倒れた副院長を見たら、俄然やる気が出ましたから」

「それは上等だな。わかった。そういうことなら」

そうして、一回りも二回りも大きくなった織原の寛容もあり、天王寺は改めて織原のオーベンとなった。

「副院長！」

だが、そうなって初めて、天王寺はその場で正座をした。

ベッド上に両手をついて、陳謝したのだ。

「すまなかった。お前を育てる気はなかったが、病むまで追い詰めるつもりはなかった。自分が耐えてきたことだったから、この程度は大したことないとも思っていた。だが、誰もが同じわけがない。そこを見誤ったことに関しては、人としても医者として恥ずべきことだった。申し訳ない」

まさかこんなふうに頭を下げられるとは思っていなかった。

織原は、かえって動揺してしまう。

「なんの詫びにもならないだろうが、それでも俺から学びたいと言うなら、俺の持っているものは全部お前にやる。必ず、専門医まで育てきる。許してほしいとは思っていない。ただ、これから渡していく知識や技術を、受け取ってもらえれば――」

ただ、今更の話だが、どうして彼が職員たちから慕われているかといえば、この真面目さに勤勉さがあるからだろう。

ときには立場を誇示することもなく、またそれにこだわることもなく、こうした潔《いさぎよ》い姿勢も見せることができるからだろう。

「はい。わかりました。どうかこれからもよろしくお願いします」

織原は、改めて自分も身体を二つに折った。

そしてこれまで以上に前向きな気持ちで、心臓外科の専門医を目指すことを心に誓った。

＊＊＊

終わりよければすべてよしではないが、それでもひとまず話が落ち着いたことから、織原は当麻に笑顔で報告をした。

「結局もとの鞘《さや》に収まるのか。大丈夫か？　まあ、決まったことだから、今更やーめたってわけにはいかないだろうけど」

疲れて帰宅しても、当麻はきちんと話を聞いてくれた。

かなり驚いてはいたが、それなりに安堵した顔は見せてくれた。

織原はそれだけで嬉しかった。

「それは、やってみなくちゃわからないかな。ただ、浅香先輩たちにボコボコにされてる副院長を見てたら、かえって申し訳なく思えてきて。それに、院長のことを誤解して拗ねたり、東都受験を四回も落ちたって聞いたら、これまでのイメージが完全に崩れちゃって…。なんか、不思議なんだけど、これまで感じていた怖さや近寄り難さが一気になくなったっていうか…。ちゃんと人の痛みはわかる人だったって。ただ、自分が強いから、他人の弱さの加減がわからないだけだったんだなって感じられて…。実際研修医時代は、俺以上のことを言われてきたのも確かだったみたいだし」

行きがかりが続いて始めた二人暮らしだが、こうして話を聞いてくれる相手がいるというのは、それだけで癒しだった。

それに気づけたことも、織原にとっては大きな収穫だ。

と同時に、こんな相手が天王寺にもいれば、また違っていたのかもしれない。

独身寮と病院を往復しているぐらいだから、天王寺が独り身なのは、なんとなくわかる。

そんな気持ちにまでなると、織原はいろんな点で見方も変わっていた。このひと月足らずの間に、これまでとは違う視野が広がり、人として成長したと言ってもいいだろう。

「あ、でも一番のポイントは、院長に〝誇りに思ってる〟って言われたときに、すごく安堵したっていうか、優しい顔をしたんだ。あの顔の裏に、いったいどれだけの努力があったのかって考えたら、このまま決別って後悔しそうな気がして」

織原は、話をしながらも後片づけを終えてしまうと、リビングのソファでぐったりしている当麻の許へ戻った。

どんなにしっかり話を聞こうという姿勢は見せても、疲れているのだろう。身体がどんどん斜めになってきている。

そんな姿が今では愛おしい。

あばたもえくぼとはよく言ったもので、こんな感情が芽生えることが〝恋〟なんだろうかと、織原は思い始めていた。

特別な定義も方程式もない。日々発見があるたびに、温かい気持ちになる。

「まあ、確かにそうだよな。お前の性格から考えても、崩壊するよりは和解のほうがいいんだろうし。でも、あんまり酷いこと言われたら、遠慮しないで逃げちゃえよ。我慢しすぎたって、よくないからな」

ただ、そう感じたら行動あるのみ！　と、白石や清水谷、浅香といった恋愛においても大先輩な者たちから、あれこれと吹き込まれたこともあり、織原は当麻の隣に腰かけると、彼の頭を膝の上に引き寄せた。

いつでも寝落ちしていいぞ――――。

そう言って笑いながら、かえって当麻を興奮させてしまった。

「うん。それはそうする。まだ大丈夫って思わないで、次はその前に逃げるか怒るかするよ。まあ、しばらく酷いことは言えないとは思うけどね。なにせ清水谷先生や浅香先生が、俺に何かあったら、すぐに代わりに来ますからって、笑顔で脅してたし」

「それは最高の脅しだな」

「だろう――――。あんっ」

おかげで、このまま寝かせようと思ったのに、織原はあっという間にソファに組み敷かれた。

この辺りは、まだまだ学習不足だった。

過剰に疲れた黒河が獣になるなら、それに付き合わされている当麻だって同様だ。

完全にナチュラルハイになっている当麻は、キスをすると同時に衣類を剥いでくる。

「でも、考えてみたら、副院長がオーベンについて、疑問や不信を覚え始めたのが三ヶ月ぐらい

してから。それ以来、ずっと悩んでたのに、それが解決されるのには一ヶ月もかかってないなんて。こんなことなら、もっと早くに相談すればよかったってことかな」

「そうだな。これからはすぐに俺に言えよ。ずっと傍にいるんだから」

何を話したところで、空返事だ。

織原も次第に当麻の愛欲に流され、巻かれていく。

「――当麻もな。大変なのはお互い様なんだから」

「ああ。そうするよ」

だが、こんななし崩しなところも、今の織原にとっては甘くて優しいひとときだった。

今日を、そして明日を生きるための意欲を与えてくる、貴重な力の源だった。

「織原…」

話が一通りすんだところで、当麻は、再び形のいい唇を寄せてきた。

「ん」

織原も彼の肩に両腕を絡ませ、心からのキスに応じて堪能していく。

「…っんっ」

こうして求め合うがままに身体を重ね、唇を重ねていると、愛も恋もないまま身体を重ねたあの夜が嘘のようだった。

今となっては、ただの友達でいた頃の感情が思い出せない。

大切だと思う意味だって違っていたはずなのに。そう考えると、織原は人間という生き物が、いかに特殊なのかを知らされるようだった。

どれほど感情の生き物なのか、今更に――――。

「ここできつくないか？」

「きついって言ったらベッドに移動するのかよ」

「無理。も、入れたい」

「だったら聞くなよ…、と、俺の携帯だ」

そして、それは当麻との関係だけを示すに留まることではなかった。

「ごめん。たぶん病院からだ。なんだろう？」

織原は、当麻の腕の中からすり抜けると、ソファの下に落とされた衣類の中から、着信音を鳴らし続ける携帯電話を探り出した。

相手が病院だと聞けば、当麻も止めることはしない。

むしろ、一瞬にして顔つきが変わるところは、やはり救急対応のある病院に勤める医師だけのことはある。どんなときでも優先順位が狂うことはない。

織原も安心して電話に出た。

「もしもし」

〝あ、織原先生ですか？　松田です〟

「――――師長。どうしたんですか？　こんな時間に」

だが、よく考えると、夜はレポート書きと相場が決まっていた織原にとって、病院からの緊急電話は初めてだった。

〝急患です。今すぐこちらに来ていただけますか？　副院長が対応されてるんですが織原先生の手が欲しいと〟

「副院長が、俺を？」

しかも、こんな内容で呼び出される日が来るなんて、想像さえしていなかった。

いや、想像さえできなかっただけに、夢かと思う。

〝代われ、師長。私だ、織原。今、治験中の患者が搬送されてきた。早急に手術に入るが、オフポンプでやりたい。お前がいればやれる。今すぐ来られるか？〟

しかし、電話の相手が松田から天王寺本人に代わると、織原はこれが夢ではないことを実感した。

この声にも口調にも覚えがあった。普段よりいっそうきびきびとして歯切れのいい、しかし緊迫感さえ感じられるこれは、天王寺が執刀前の準備に入っている証だ。

それがわかるだけに、織原の携帯電話を握る手のひらに、汗が滲んだ。

それなのに、今にも破裂しそうなほど心臓の鼓動は高まり、歓喜からか身体中が熱くなってくる。

「――――はい!!　もちろんです。すぐに行きます」

織原は背筋を正して即答した。

〝なら、待ってるぞ〟

「ありがとうございます。では！」

通話を切ったときには、あまりの感激からか、目頭さえ熱くなってきた。

「織原？」

「副院長が呼んでくれたんだ。大事な、それも緊急なのにオフポンプで挑むような手術に、お前がいればやれるからって、初めて声をかけてくれたんだ。それも指名してくれたんだよ」

だが、すぐにでも行くとなれば、感動ばかりもしていられない。織原は慌てて衣類を身につけていく。

こうなると、声をかけてきた当麻が絶句気味なのも気にしない。一瞬前まで絡み合っていたことなど皆無に等しい状態だ。

「…っ、あ。ああ。それはすごいな。いきなり…コロッと…」

「————どうしよう。ドキドキしてきた。あ、でも…副院長だって、倒れたばっかりなんだから、俺ができるだけフォローしなきゃ。俺にちゃんとできるかな？」

それでも恋人の存在そのものまでは、抹消していない。

すっかり着替えを終えた織原は、俺に自信をくれとばかりに当麻に問いかける。

「ん。お前なら、大丈夫だよ」

「そうだよな。だから、副院長も呼んでくれたんだもんな。うん。俺、副院長を信じるよ！」

満面の笑顔でさりげなく酷いことを口にする辺りは、やはり織原も歴代マドンナの一人だった。

思わず当麻が「俺じゃないのかよ！」と突っ込む隙も与えないまま、上着を取りに寝室へ行ってしまう。

「とにかく行ってくる。あ、お前は明日があるんだから、しっかり寝とけよ。そのまま寝て風邪ひくと困るから、ちゃんとパジャマ着ろよ。じゃあな‼」

その後は慌ただしく「行ってきます」と部屋を飛び出していくだけだ。

「…ああっ。気をつけて、行ってこいよ〜」

残された当麻は、玄関先まで見送れないような姿だっただけに、終始ソファの上だった。

終わりよければ、たしかにすべていいのかもしれないが、いまいち納得がいかない。

織原の気配がすっかり消えると、「天王寺の野郎！」と、思わず握り拳を作ってしまった。

自分が入り込むことのできない他院の、それも師弟関係に、今度は当麻のほうが嫉妬させられそうだ。

とはいえ、そんなときに今度は当麻の携帯電話が着信音を鳴らした。

「――――って。こっちもかよ⁉　はい、もしもし」

電話に出た瞬間から、相手が黒河だということはわかっていた。

〝当麻か？　俺だ。ＩＣＵの患者が急変した。今から病院に戻る。お前も来い〟

「はい！」

急いでソファから立ち上がる。脱ぎ散らかした衣類を手に取り、当麻も休む間もなく出勤準備だ。

〝パンツ穿き忘れるなよ！〟

「はい！」

織原にしても当麻にしても、当分甘い生活は期待できそうにない。

だが、それがわかっていても、外科医を目指して研修医生活を始めたばかりの二人にとっては、こうして呼び出されることが喜びだった。

「って、黒河先生っっっ。どうして、脱いでたのがばれてるんだよ⁉」

ときには愛欲と同じほどのエネルギーをくれる、やり甲斐をくれる、力の源だった。

おしまい♡

あとがき

こんにちは。日向《ひゅうが》です。このたびは本書をお手に取っていただきまして、誠にありがとうございました。

久しぶりのドクターです。まだまだ終わっていませんよ～（笑）。そして珍しく「あとがき」が四ページもあります。滅多にないことです！　なので、しばしお付き合いのほど、よろしくお願いいたします。

さて、シリーズ初でしょうか。フレッシュなカップル（それでも二十七・汗）を中心に現代社会の病巣の一つにメスを入れてみました。

重くなりすぎても娯楽ではなくなってしまうので、随所にホッとできる仕上がりになっていますが、実際のところ深刻な問題ですよね。私の友人にも辛い思いをした人たちがいます、本当に腹立たしいではすまない話です。人間社会で生きる限り、働かなくては食べていけない。生きていけない。だからある程度のことが起こっても我慢もするし、頑張ります。けど、どう考えても、これは変。仕事の域も人としてのモラルも超えているだろう…なんてことは起こって――。

でも、そんなときは自分だけで抱え込まずに、どうか身近な人に愚痴るなり相談してくださいね。一人ではどうにもならないことも、助けがあれば！　です。この話は、そのことが少しでも伝わればと思って書きました。

もちろん、本命はポスト黒河《くろかわ》になれる日が来るのか？　という当麻《とうま》と、今後急成長しそうな織原《おりはら》との同級生恋愛ですけどね！（本当か？　笑）。

とはいえ、月日が経つのは早いもので、シリーズ第一作目（他社レーベル・すでに絶版）の主人公だった清水谷《しみずたに》も、とうとう黒河オーベンから卒業です。こうして改めて書いてみると、時の流れを実感します。

日向の話は、亀の歩行のごとくゆるやかではありますが、それでも確実に時間が流れています。

特にドクターに関しては、なるべく本文中に使う症例に嘘がないよう、あえて現在から過去の時代を調べて書く形にしています。登場する携帯電話がスマートフォンじゃないのは、この話の時代設定ではまだ発売されてないからで、このあたりもこだわりです。いや、本当は彼らの年齢の初期設定がネックで、話と発行年月日が合わせられないのが実情ですが…。

なにせ、そうでなくてもクロスノベルスさんでは受け攻め共に〝設定年齢が高い本〟の五指に入るんじゃないかと思うのがこのシリーズです。

それで五指のうち黒河＆白石《しらいし》、池田《いけだ》、一条《いちじょう》、キヨトあたりが上位を占《し》めていたら笑えないですが…。これはもう専門医を書こうと思ったら宿命ですね。なので、皆さんもこのあたりは、見て見ないふりをしていてくださいね（笑）。

で、そんなこんなで清水谷です。黒河です。ドクターシリーズ初期の二冊が絶版になってからだいぶ経ちまして、これに関してはお問い合わせをいただくも答えられない、配信もしていない状態でした。

なので、そろそろ重い腰を上げて同人誌にしようかと思います。若干手も入れる予定ですし、せっかくなのでデラックスに作りたいな～♪　なんて思っておりますので、ご興味のある方は随時HPをチェックしてくださいね。携帯・PCといったネット環境のない方は、編集部経由でのお手紙（宛名と80円切手付き返信用封筒必需）でお問い合わせください。詳細が決まり次第、お知らせします。

――なんて書いていますが、こんなにシリーズそのものが長く続いているのは、本当にお付き合いくださっている皆様のおかげです。

特に水貴《みずき》先生には本当に頭が上がりません。感謝でいっぱいです。

もともとドクターワールドは、水貴先生の聡明な絵の世界に合わせて作った話だけに、こうして十三冊目が出せたことにも感無量です。

もちろん、担当さんをはじめとする編集部の皆さん、本書に関わってくださったすべての方々にも心から感謝しっぱなしですが。それにしたって、誰が主役だろうが〝ラブシーンより黒河と帝王・和泉《いずみ》のツーショットが優先される本〟ってところに涙が出ます。この挿絵指定は担当さんから読者様へのサービスショット（？）らしいですが、なかなか粋な計らいですよね。いろんな意味で和気藹々《わきあいあい》なシリーズです。ありがたいです。

そんなこんなで、これからもまだまだいろんな話を書き続ける予定です。できればまた皆様にもお会いしたいです。

なので、次の本でもまたお会いできるよう、心からお祈りしております。

感想は何よりのエネルギーですので、よかったらお願いしますね！

http://www.h2.dion.ne.jp/~yuki-h　日向唯稀《ゆき》♡

追記。今年から新ジャンルとして男女ものロマンスも書き始めました。マリーローズ文庫さんでファンタジー系、エタニティブックスさんでは現代・職場系を書いてます。よかったらチェックしてみてくださいね。

CROSS NOVELS既刊好評発売中

先生……好きになってもいいですか？

視力を失って初めて知る、愛される悦び。

Ecstasy -白衣の情炎-

日向唯稀

Illust 水貴はすの

事故によって視力を失ったイラストレーター・叶の元を訪れたのは、意識を失う寸前に自分を励ましてくれた声の男・池田だった。外科医の彼は、見えない恐怖と戦う叶に優しく接してくれた。穏やかで細やかな気遣いをしてくれる池田に、芽生える叶の恋心。だが、描けない自分に存在価値がないと死を選んだ叶に、池田は熱い口づけをくれた。同情ではなく愛されていると感じた叶はその手を取るが、恋人になったはずの彼は、ある日を境によそよそしくなって……。

CROSS NOVELS既刊好評発売中

花嫁の五年生存率は25％

——最期の瞬間まで愛している——

Light・Shadow ～白衣の花嫁～

日向唯稀

Illust 水貴はすの

「これまでに見てきたどんな花嫁より綺麗だ」

一度は余命三カ月と宣告されるも、九死に一生を得た優麗なる若社長・白石は、現在五年生存率25％という癌の再発防止治療の日々を送っている。不安にかられる白石を心身共に支えていたのは、二十年来の親友であり主治医でもある天才外科医・黒河。積み重ねた友情の上に実った愛は熱く甘く激しくて、すべてが光り輝いていた。が、そんな矢先に白石は、見知らぬ男に拉致監禁されてしまい!?

CROSS NOVELS既刊好評発売中

抱いても抱いてもまだ足りねぇ。

抑えきれない愛情は、やがて獣欲へと変わる。

Today ～白衣の渇愛～

日向唯稀

Illust 水貴はすの

「お前が誰のものなのか、身体に教えてやる」
癌再発防止治療を受けながらも念願の研究職に復帰した白石は、親友で主治医でもある天才外科医・黒河との濃蜜な新婚生活を送っていた。だが、恋に仕事にと充実した日々は多忙を極め、些細なすれ違いが二人の間に小さな諍いを生むようになっていた。寂しさから泥酔した白石は、幼馴染みの西城に口説かれるままに一夜を共にしてしまう。取り返しのつかない裏切りを犯した白石に黒河は……!?

CROSS NOVELS

CROSS NOVELS既刊好評発売中

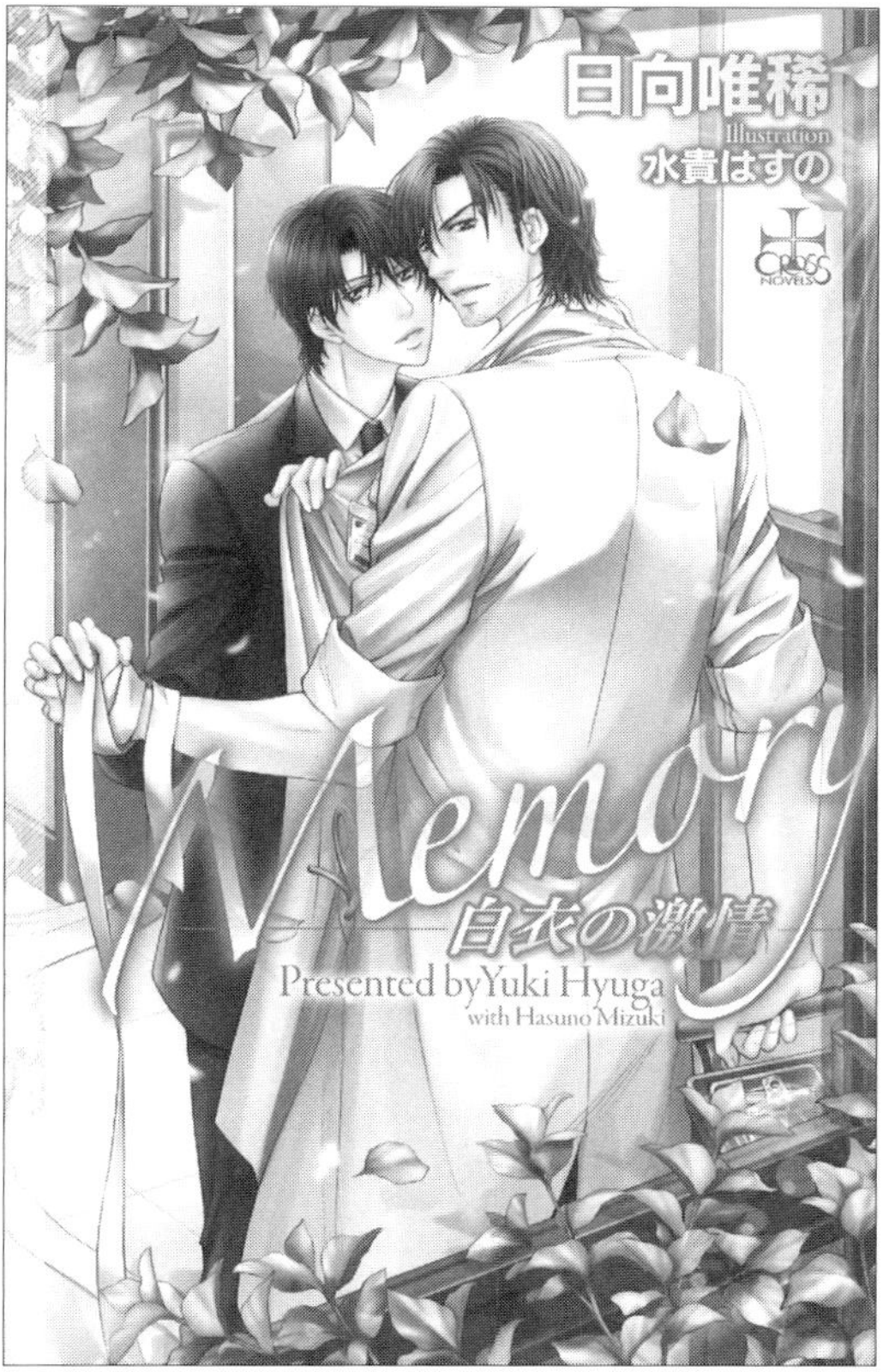

俺は叔父貴を愛してる
この恋は禁忌《タブー》？　すべてはあの夜から始まった。

Memory -白衣の激情-

日向唯稀

Illust 水貴はすの

「地獄に堕ちても構わない。叔父貴が好き」
葬儀会社に勤める隆也は、ホテルで酔い潰れていた叔父・一条と偶然再会する。産科医の一条は、生まれた時から好きだった人。いけないこととわかっていても、隆也は酩酊している彼に抱かれてしまう。だが、優しい言葉と愛撫をくれた一条は、目覚めた時、隆也を拒絶した。この恋は叶わない――そう思った矢先、一条は事故で記憶を失った。隆也は一条に「自分達は恋人同士」と、哀しい嘘をついてしまう。束の間の甘い日々。だが、その幸せは儚く消えて……。

CROSS NOVELS

CROSS NOVELS既刊好評発売中

この手が俺を狂わせる——

報われない恋心。救えるのは——同じ匂いを持つ医師《おとこ》。

PURE SOUL —白衣の慟哭—

日向唯稀 Illust 水貴はすの

「お前の飢えは俺が満たしてやる」
叶わぬ恋を胸に秘めた看護師・浅香は、クラブで出会った極上な男・和泉に誘われ、淫欲に溺れた一夜を過ごす。最愛の人を彷彿とさせる男の硬質な指は、かりそめの愉悦を浅香に与えた。が、１カ月後——有能な外科医として浅香の前に現れた和泉は、唯一想い人に寄り添える職務を奪い、その肉体も奪った。怒りと屈辱に傷つく浅香だが、快楽の狭間に見る甘美な錯覚に次第に懐柔され……。

CROSSNOVELS好評配信中！

CROSS NOVELS

携帯電話でもクロスノベルスが読める。電子書籍好評配信中!!
いつでもどこでも、気軽にお楽しみください♪

QRコードで簡単アクセス！

Today - 白衣の渇愛 - 【特別版】

日向唯稀

抱いても抱いてもまだ足りねぇ。

「お前が誰のものなのか、身体に教えてやる」
癌再発防止治療を受けながらも念願の研究職に復帰した白石は、親友で主治医でもある天才外科医・黒河との濃密な新婚生活を送っていた。だが、恋に仕事にと充実した日々は多忙を極め、些細なすれ違いが二人の間に小さな諍いを生むようになっていた。寂しさから泥酔した白石は、幼馴染みの西城に口説かれるままに一夜を共にしてしまう。取り返しのつかない裏切りを犯した白石に黒河は……!?

illust 水貴はすの

Heart - 白衣の選択 - 【特別版】

日向唯稀

生きてる限り、俺を拘束しろ

小児科医の藤丸は、亡き恋人の心臓を奪った男をずっと捜していた。ようやく辿り着いたのは極道・龍禅寺の屋敷。捕らわれた藤丸に、龍禅寺は「心臓は俺のものだ」と冷酷に言い放つ。胸元に走る古い傷痕に驚愕し、男を罵倒した藤丸は凌辱されてしまう。違法な臓器移植に反発する藤丸だが、最愛の甥が倒れ、移植しか助かる術がないとわかった時、龍禅寺にある取引を持ちかけることに。甥の命と引き換えに、己の身体を差し出す——それが奴隷契約の始まりだった。

illust 水貴はすの

Love Hazard - 白衣の哀願 -

日向唯稀

奈落の底まで乱れ堕ちろ

恋人を亡くして五年。外科医兼トリアージ講師として東都医大で働くことになった上杉薫は、偶然出会った極道・武田玄次に一目惚れをされ、夜の街で熱烈に口説かれた。年下は好みじゃないと反発するも、強引な口づけと荒々しい愛撫に堕ちてしまいそうになる上杉。そんな矢先、武田は他組の者との乱闘で重傷を負ってしまう。そして、助けてくれた上杉が医師と知るや態度を急変させた。過去に父親である先代組長を見殺しにされた武田は、大の医師嫌いで……!?

illust 水貴はすの

CROSS NOVELSをお買い上げいただき
ありがとうございます。
この本を読んだご意見・ご感想をお寄せください。
〒110-8625
東京都台東区東上野2-8-7　笠倉出版社
CROSS NOVELS 編集部
「日向唯稀先生」係／「水貴はすの先生」係

CROSS NOVELS

Power—白衣の愛欲—

著者
日向唯稀

©Yuki Hyuga

2012年6月24日　初版発行　検印廃止

発行者　笠倉嗣仁
発行所　株式会社　笠倉出版社
〒110-8625　東京都台東区東上野2-8-7　笠倉ビル
[営業]TEL　03-4355-1110
FAX　03-4355-1109
[編集]TEL　03-4355-1103
FAX　03-5846-3493
http://www.kasakura.co.jp/
振替口座　00130-9-75686
印刷　株式会社　光邦
装丁　磯部亜希
ISBN　978-4-7730-8615-7
Printed in Japan

乱丁・落丁の場合は当社にてお取り替えいたします。
この物語はフィクションであり、
実在の人物・事件・団体とは一切関係ありません。